ALFAGUARA
CLÁSICOS

Danny y el campeón del mundo

Título original: *Danny the Champion of the World*

Primera edición: marzo de 2016

Edición original en castellano: Santillana Infantil y Juvenil S. L.
D. R. © 2016, derechos de edición mundiales en lengua castellana:
Penguin Random House Grupo Editorial, S. A. de C. V.
Blvd. Miguel de Cervantes Saavedra núm. 301, 1er piso,
colonia Granada, delegación Miguel Hidalgo, C. P. 11520,
México, D. F.

www.megustaleer.com.mx

ISBN: 978-607-314-089-8

Impreso en México – *Printed in Mexico*

Impreso en Litográfica Ingramex, S.A. de C.V.

El papel utilizado para la impresión de este libro ha sido fabricado a partir de madera procedente de bosques y plantaciones gestionadas con los más altos estándares ambientales, garantizando una explotación de los recursos sostenible con el medio ambiente y beneficiosa para las personas.

ROALD DAHL

Ilustraciones de Quentin Blake

Traducción de Maribel de Juan

Las obras de Roald Dahl no solo ofrecen grandes historias…

¿Sabías que un 10% de los derechos de autor* de este libro se destina a financiar la labor de las organizaciones benéficas de Roald Dahl?

Roald Dahl es muy conocido por sus historias y poemas, sin embargo hoy día no es tan conocido por su labor en apoyo de los niños enfermos. Actualmente, la fundación Roald Dahl´s Marvellous Children´s Charity presta su ayuda a niños con trastornos médicos severos y en situación de extrema pobreza. Esta organización benéfica considera que la vida de todo niño puede ser maravillosa sin entrar a valorar lo enfermo que esté o su esperanza de vida.

Averigua más sobre nosotros en www.roalddahl.com

En el Roald Dahl Museum and Story Centre en Great Missenden, Buckinghamshire (la localidad en la que vivió el autor), puedes conocer muchas más cosas sobre la vida Roald Dahl y de cómo su biografía se entremezcla en sus historias. Este museo es una organización benéfica cuya intención es fomentar el amor por la lectura, la escritura y la creatividad. Asimismo, dispone de tres divertidas galerías con muchas actividades para hacer y un montón de datos curiosos para descubrir (incluyendo la cabaña en la que Roald Dahl se retiraba a escribir). El museo está abierto al público general y a grupos escolares (de 6 a 12 años) durante todo el año.

Roald Dahl's Marvellous Children's Charity (RDMCC) es una organización benéfica registrada con el número 1137409.

Roald Dahl Museum and Story Centre (RDMSC) es una organización benéfica registrada con el número 1085853.

Roald Dahl Charitable Trust, organización benéfica recientemente establecida, apoya la labor de RDMCC y RDMSC.

* Los derechos de autor donados son netos de comisiones

Este libro es para toda mi familia:
Pat, Tessa, Theo, Ophelia y Lucy

La gasolinera

Cuando tenía cuatro meses, mi madre murió de repente, y mi padre tuvo que cuidar de mí él solo. Éste era mi aspecto en aquel entonces.

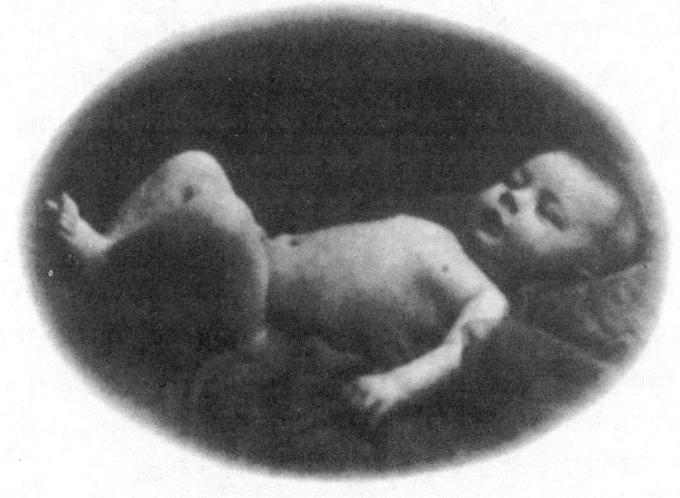

Yo no tenía hermanos ni hermanas.

Así que, durante toda mi infancia, desde los cuatro meses en adelante, no había nadie más que nosotros dos, mi padre y yo.

Vivíamos en un viejo carromato de gitanos detrás de una gasolinera. Mi padre era el dueño de la gasolinera, del carromato y de un pequeño prado que había detrás, pero eso era todo lo que poseía en el mundo. Era una gasolinera muy pequeña en una pequeña carretera secundaria rodeada de campos y de frondosas colinas.

Mientras yo era un bebé, mi padre me lavaba, me daba de comer, me cambiaba los pañales y hacía los millones de cosas que normalmente hace una madre por su hijo. No es una tarea fácil para un hombre, sobre todo cuando, al mismo tiempo, tiene que ganarse la vida arreglando motores de coche y sirviendo gasolina a los clientes.

Pero a mi padre no parecía importarle. Creo que todo el amor que había sentido por mi madre cuando ella vivía lo volcaba sobre mí. Durante mis primeros años, nunca tuve un momento de tristeza ni de enfermedad, y así llegué a mi quinto cumpleaños.

Como puedes ver, yo era un niño sucio, manchado de grasa y de aceite de los pies a la cabeza, pero eso era porque me pasaba el día en el taller ayudando a mi padre con los coches.

La gasolinera sólo tenía dos surtidores. Detrás de ellos había un cobertizo que servía de oficina. Lo único que había en la oficina era una mesa vieja y una caja registradora para meter el dinero. Era una de esas en las que aprietas un botón y suena un timbre y el cajón se abre de golpe con mucho ruido. A mí me encantaba.

El edificio cuadrado de ladrillo que estaba a la derecha de la oficina era el taller. Lo construyó mi padre con mucho cariño y era la única casa realmente sólida que había en aquel lugar.

–Tú y yo somos mecánicos –solía decirme–. Nos ganamos la vida reparando motores y no podemos hacer un buen trabajo en un taller costroso.

Era un buen taller, lo bastante grande como para que un coche entrara cómodamente y quedase mucho espacio a los lados para trabajar. Tenía teléfono para que los clientes pudieran acordar una cita y traer sus coches para repararlos.

El carromato era nuestra casa y nuestro hogar. Era una auténtica carreta de gitanos, con grandes ruedas y toda pintada con bonitos dibujos en amarillo rojo y azul. Mi padre decía que debía de tener por lo menos ciento cincuenta años. Decía que muchos niños gitanos habían nacido y crecido entre sus paredes de madera. Tirada por un caballo, la vieja carreta debía de haber recorrido miles de kilómetros por las carreteras y los caminos de Inglaterra. Pero sus correrías se habían acabado y como los radios de madera de las ruedas empezaban a pudrirse, mi padre le había puesto por debajo unas pilas de ladrillos para sostenerla.

Había una sola habitación en el carromato y no era mucho más grande que un cuarto de baño moderno de mediano tamaño. Era una habitación estrecha, de la misma forma que el carromato, y contra la pared del fondo había dos literas, una encima de la otra. La de arriba era la de mi padre y la de abajo la mía.

Aunque en el taller teníamos luz eléctrica, no nos permitían tenerla en el carromato. Los de la compañía de electricidad dijeron que era peligroso instalar cables en un sitio tan viejo y destartalado como ése. Así que conseguíamos el calor y la luz de un modo muy parecido a como lo hacían los gitanos muchos años antes. Teníamos una estufa de leña con una chimenea que salía por el techo y con eso nos calentábamos en invierno. Había un hornillo de parafina para hervir agua o guisar un estofado, y una lámpara de parafina que colgaba del techo.

Cuando me hacía falta un baño, mi padre calentaba agua y la echaba en un barreño. Luego me desnudaba y me frotaba de arriba abajo, de pie en el barreño. Creo que así me quedaba tan limpio como si me hubiera lavado en una bañera, probablemente más, puesto que no acababa sentado en mi propia agua sucia.

De mobiliario teníamos dos sillas y una mesita, que junto con una cómoda chiquitita, eran las únicas comodidades que poseíamos. Era todo lo que necesitábamos.

El retrete era una especie de cabañita de madera en el prado, a cierta distancia del carromato. En verano estaba bien, pero te aseguro que sentarse allí en un día de nieve, en invierno, era como sentarse dentro de una nevera.

Justo detrás del carromato había un viejo manzano. Daba unas manzanas estupendas que maduraban a mediados de septiembre y podías continuar cogiéndolas durante las cuatro o cinco semanas siguientes. Algunas de las ramas del árbol colgaban precisamente sobre el carromato y, cuando el viento hacía caer las manzanas por la noche, muchas veces daban en el techo. Yo las oía caer, *pom... pom... pom...*, encima de mi cabeza, mientras estaba acostado en mi litera, pero esos ruidos nunca me asustaron porque sabía exactamente qué era lo que los producía.

Me encantaba vivir en aquel carromato de gitanos. Me encantaba sobre todo por las noches, cuando estaba arropado en mi litera y mi padre me contaba cuentos. La lámpara de parafina tenía la llama baja, y yo veía los trozos de madera ardiendo al rojo en la vieja estufa y era maravilloso estar tumbado allí, acurrucado y calentito en mi cama, en aquella pequeña habitación. Y lo más maravilloso de todo era la sensación de que, cuando yo me durmiera, mi padre seguiría allí, muy cerca, sentado en su silla junto al fuego o tumbado en la litera encima de la mía.

El Gigante Simpático

Mi padre era, sin la menor duda, el padre más maravilloso y estupendo que pueda haber tenido niño alguno. Aquí tenéis un retrato suyo.

Uno podría pensar, si no se le conocía bien, que era un hombre severo y serio. No lo era. En realidad, era una persona tremendamente divertida. Lo que le hacía parecer tan serio era que nunca sonreía con la boca. Sonreía con los ojos. Tenía los ojos muy azules y, cuando algo le parecía gracioso, sus ojos se iluminaban y, si uno miraba atentamente, podía ver una diminuta chispa dorada bailando en sus pupilas. Pero la boca no se movía nunca.

Yo me alegraba de que mi padre sonriera de esa manera. Eso significaba que nunca me dedicaba una sonrisa falsa, porque es imposible hacer que tus ojos chispeen si tú no te sientes chispeante. Sonreír con la boca es diferente. Se puede fingir una sonrisa con la boca siempre que a uno le dé la gana: basta con mover los labios. También he aprendido que una verdadera sonrisa con la boca siempre va acompañada de una sonrisa con los ojos, así que te aconsejo que tengas cuidado cuando alguien te sonría con la boca si sus ojos no se alteran. Seguro que es falsa.

Mi padre no era lo que se podría llamar un hombre instruido, y dudo que hubiera leído veinte libros en su vida. Pero era un maravilloso narrador. Inventaba un cuento para mí todas las noches, y los mejores se convertían en seriales y continuaban muchas noches seguidas.

Uno de ellos, que debió de durar por lo menos cincuenta noches, trataba de un tipo enorme que se llamaba El Gigante Simpático* o el GS para abreviar. El GS era tres veces más alto que un hombre corriente y sus manos eran tan grandes como carretillas. Vivía en una inmensa caverna subterránea, no lejos de nuestra gasolinera, y solamente salía cuando estaba oscuro. Dentro de la caverna tenía una fábrica de polvos en la que había hecho más de cien clases diferentes de polvos mágicos.

A veces, mientras me contaba sus cuentos, mi padre paseaba arriba y abajo agitando los brazos y moviendo los dedos.

---

* Este gigante le inspiró el personaje de su libro *El gran gigante bonachón*.

Pero generalmente se sentaba cerca de mí, en el borde de mi litera, y hablaba muy bajito.

–El Gigante Simpático hace sus polvos mágicos con los sueños que los niños sueñan mientras duermen –me contaba.

–¿Cómo? –preguntaba yo–. Dime cómo, papá.

–Los sueños, cariño, son algo muy misterioso. Flotan en el aire de la noche como nubecillas, buscando a la gente que duerme.

–¿Se pueden ver?

–Nadie los puede ver.

–Entonces, ¿cómo los caza el Gigante Simpático?

–¡Ah! –decía mi padre–. Eso es lo interesante. Verás, mientras flota en el aire de la noche, el sueño hace un ruidito como un zumbido, un sonido tan suave y tan bajo que es imposible que las personas normales lo oigan. Pero el GS lo oye fácilmente. Él tiene un oído fantástico.

A mí me encantaba la expresión lejana e intensa que aparecía en la cara de mi padre cuando estaba contando un cuento. Su cara se ponía pálida, serena y distante, y no advertía nada de lo que le rodeaba.

–El GS –decía– puede oír los pasos de una mariquita cuando camina sobre una hoja. Puede oír los murmullos de las hormigas que corretean por el sueño cuando hablan entre ellas. Puede oír el agudo grito de un árbol cuando un leñador lo corta con el hacha. ¡Ah!, sí, mi vida, hay todo un mundo de sonidos a nuestro alrededor que no oímos porque nuestros oídos no son lo bastante sensibles.

–¿Y qué pasa cuando él atrapa los sueños? –preguntaba yo.

–Los mete en botellas de cristal y aprieta bien los tapones. Tiene miles de botellas de ésas en su cueva.

–¿Encierra los sueños malos además de los buenos?

–Sí –contestaba mi padre–. Tiene de los dos. Pero sólo usa los buenos para sus polvos.

–¿Qué hace con los malos?

–Los hace estallar.

Me es imposible decirte cuánto quería yo a mi padre. Cuando estaba sentado junto a mí, en mi litera, yo deslizaba la mano en la suya y él doblaba sus largos dedos en torno a mi puño, apretándolo.

–¿Qué hace el GS con los polvos que fabrica?

–En plena noche –contaba mi padre– va merodeando por los pueblos y busca casas donde haya niños dormidos. Por su gran estatura llega a las ventanas que están en un primero y hasta en un segundo piso, y cuando encuentra una habitación con un niño dormido, abre la maleta...

–¿La maleta?

–El GS siempre lleva una maleta y una cerbatana. La cerbatana es tan larga como un farol. La maleta es para llevar los polvos. Así que abre la maleta y selecciona el polvo adecuado... y lo pone en la cerbatana... y mete la cerbatana por la ventana abierta... y *puuf*... sopla el polvo... y el polvo flota en el cuarto... y el niño lo respira...

–¿Y entonces qué pasa, papá?

–Entonces, Danny, el niño empieza a soñar un sueño maravilloso y fantástico.... y cuando el sueño alcanza su momento más maravilloso y fantástico... entonces el polvo mágico hace verdaderamente efecto... y, de pronto, el sueño ya no es un sueño, sino un hecho real... y el niño ya no está dormido en la cama... está totalmente despierto y se encuentra de verdad en el sitio del sueño y participa de todo... participa de verdad... en la vida real.

Continuará mañana. Se está haciendo tarde. Buenas noches, Danny. Duérmete.

Mi padre me daba un beso y luego bajaba la mecha de la lámpara de parafina hasta que la llama se apagaba. Se sentaba delante de la estufa de leña, que ahora daba un hermoso resplandor rojo en la habitación oscura.

–Papá –murmuraba yo.

–¿Qué?

–¿Has visto alguna vez de verdad al Gigante Simpático?

–Una vez –decía mi padre–. Sólo una vez.

–¡Sí! ¿Dónde?

—Yo estaba detrás del carromato y era una noche clara de luna, y por casualidad miré hacia arriba y, de repente, vi a una persona tremendamente alta que corría por la cima del monte. Tenía una forma de andar rara, a grandes zancadas, y su capa negra ondeaba tras él como las alas de un pájaro. Llevaba una maleta en una mano y una cerbatana en la otra y, cuando llegó al alto seto de espino que hay al final del prado, pasó tranquilamente por encima, como si no existiera.

—¿Tuviste miedo, papá?

—No; era emocionante verlo y un poco extraño pero no tuve miedo. Duérmete ya. Buenas noches.

Coches, cometas y globos de fuego

Mi padre era un buen mecánico. Gente que vivía a muchos kilómetros le traía sus coches a reparar en lugar de llevarlos al garaje más próximo. A él le encantaban los motores.

–Un motor de gasolina es pura magia –me dijo una vez–. Imagínate lo que es tener mil pedazos de metal distintos... y si los montas todos de una manera determinada... y si luego los alimentas con un poco de aceite y de gasolina... y le das a un interruptor... de repente esos pedazos de metal adquieren vida... y ronronean y zumban y rugen... hacen que las ruedas del coche giren a velocidades fantásticas...

Era inevitable que yo también me enamorase de los motores y los coches. No hay que olvidar que, aun antes de que empezase a andar, el taller había sido mi cuarto de juegos, porque ¿en qué otro sitio iba a ponerme mi padre para poder vigilarme todo el día? Mis juguetes fueron las grasientas ruedas dentadas, los muelles y los pistones que estaban tirados por todas partes, y te aseguro que era mucho más divertido jugar con eso que con la mayoría de los juguetes de plástico que les dan a los niños hoy día.

Así que casi desde mi nacimiento empecé a prepararme para ser mecánico.

Pero ahora que ya tenía cinco años había que pensar en el problema del colegio. La ley decía, en aquella época que los padres tenían que mandar a los niños al colegio a la edad de cinco años, y mi padre lo sabía.

Recuerdo que estábamos en el taller, el día de mi quinto cumpleaños, cuando empezó la conversación sobre el colegio. Yo estaba ayudando a mi padre a poner una zapata nueva en la rueda trasera de un Ford grande cuando él me dijo de repente:

–¿Sabes una cosa interesante, Danny? Debes de ser el mejor mecánico de cinco años del mundo.

Éste era el mayor cumplido que me había hecho nunca. Yo estaba contentísimo.

–Te gusta este trabajo, ¿no? Todo esto de hurgar en los motores.

–Me encanta.

Él se volvió y me miró y me puso una mano en el hombro suavemente.

–Quiero enseñarte a ser un gran mecánico –dijo–. Y cuando seas mayor, espero que llegues a ser un ingeniero famoso, un hombre que diseñe nuevos y mejores motores de coches y de aviones. Para eso –añadió– necesitarás tener una educación verdaderamente buena. Pero no quiero mandarte al colegio todavía. Dentro de dos años habrás aprendido lo suficiente aquí, conmigo, como para poder desmontar totalmente un motor y volver a montarlo tú solo. Entonces podrás ir al colegio.

Quizá pensarás que mi padre estaba loco por tratar de enseñar a un niño a ser un experto mecánico, pero la verdad es que no estaba nada loco. Yo aprendía con rapidez y disfrutaba cada momento del aprendizaje. Y, afortunadamente para nosotros, nadie vino a llamar a la puerta preguntando por qué yo no asistía al colegio.

Así pasaron dos años más, y, a los siete, aunque no lo creas, yo era capaz de desmontar un motor pequeño y volverlo a montar. Quiero decir desmontar todas las piezas, pistones, cigüeñal, todo. Había llegado el momento de empezar a ir al colegio.

Mi colegio estaba en el pueblo más próximo, a tres kilómetros. Nosotros no teníamos coche. No podíamos permitírnoslo. Pero sólo se tardaba media hora a pie y a mí no me importaba lo más mínimo. Mi padre me acompañaba. Insistió en venir conmigo. Y a las cuatro de la tarde, cuando acababan las clases, siempre estaba esperándome para llevarme a casa.

Y así siguió la vida. El mundo en el que yo vivía lo constituían la gasolinera, el carromato, el taller, el colegio y, por supuesto, los bosques y los prados y los arroyos del campo. Pero nunca me aburría. Era imposible aburrirse en compañía de mi padre. Era un hombre demasiado chispeante para aburrirse con él. Los proyectos, los planes y las ideas nuevas saltaban de su mente como saltan las chispas de una piedra de afilar.

–Hay un buen viento hoy –me dijo un domingo por la mañana–. Muy adecuado para volar una cometa. Vamos a hacer una cometa, Danny.

Así que hicimos una cometa. Me enseñó a ensamblar cuatro varillas finas en forma de estrella, con dos varillas más en el centro para reforzarlas. Luego cortamos una vieja camisa azul de mi padre y tensamos la tela sobre la estructura. Le añadimos una cola larga hecha con un hilo y trocitos de la camisa atados a intervalos regulares. Encontramos un ovillo de cordel en el taller y él me enseñó cómo tenía que atarlo a la estructura para que la cometa estuviera bien equilibrada en el vuelo.

Caminamos juntos hasta la cima del monte que estaba detrás de la gasolinera para soltar allí la cometa. Me costaba creer que ese objeto, hecho sólo con unos cuantos palitos y un trozo de camisa vieja, pudiera volar. Sostuve el cordel mientras mi padre sujetaba la cometa y, en el momento en que la dejó ir, con el viento se elevó como un enorme pájaro azul.

–¡Suelta más cordel, Danny! –gritó–. ¡Sigue! ¡Tanto como quieras!

La cometa se elevaba más y más. Pronto fue sólo un puntito azul que bailaba en el cielo, a kilómetros por encima de mi cabeza, y era emocionante sostener algo que estaba tan lejos y tan vivo. Aquella cosa lejana tiraba y se agitaba al otro extremo del cordel como un pez grande.

–Volvamos al carromato arrastrándola –dijo mi padre.

Así que bajamos por el monte mientras yo sujetaba el cordel y la cometa tiraba furiosamente en el otro extremo. Al llegar al carromato tuvimos cuidado de que el cordel no se enredase en el manzano y dimos la vuelta hasta los escalones de la entrada.

—Átala a los escalones —dijo mi padre.

—¿Se mantendrá en el aire? —pregunté.

—Sí, mientras el viento no cese.

El viento no cesó. Y te diré algo asombroso. La cometa permaneció allá arriba toda la noche y, a la mañana siguiente, a la hora del desayuno, el puntito azul continuaba bailando y balanceándose en el cielo. Después de desayunar la recogí y la colgué cuidadosamente en una pared del taller, para otro día.

No mucho tiempo después, una hermosa tarde en que no había ni un soplo de viento, mi padre me dijo:

—Hace un tiempo perfecto para un globo de papel. Vamos a hacer un globo de papel.

Esto debía de haberlo planeado antes, porque ya había comprado en la papelería del señor Witton, en el pueblo, cuatro hojas grandes de papel de seda y un bote de cola. Y ahora, utilizando solamente el papel, la cola, unas tijeras y un trozo de alambre fino, me hizo un enorme y magnífico globo en menos de quince minutos. En la abertura que había en la base, ató una bola de algodón, y ya estábamos listos para salir.

Estaba oscureciendo cuando sacamos el globo al prado que había detrás del carromato. Llevábamos un frasco de alcohol metílico y unas cerillas. Yo sostuve el globo en vertical mientras mi padre se agachaba y, con mucho cuidado, echaba un poco de alcohol en la bola de algodón.

—Allá va —dijo, acercando una cerilla al algodón—. ¡Mantén los bordes lo más separados que puedas, Danny!

Una alta llama amarilla saltó del algodón y entró dentro del globo.

–¡Se va a prender! –grité.

–No se prenderá. ¡Mira!

Entre los dos mantuvimos los bordes del globo lo más separados que pudimos, para apartarlos de la llama en las primeras etapas del proceso. Pero pronto el aire caliente llenó el globo y pasó el peligro.

–¡Está casi listo! –afirmó mi padre–. ¿Notas cómo flota?

–¡Sí! –dije–. ¡Sí! ¿Lo soltamos?

–¡Todavía no!... ¡Espera un poco más!... ¡Espera hasta que tire hacia arriba!

–¡Ya tira! –grité.

–¡Vale! –gritó él–. ¡Suéltalo!

Lento, majestuoso, en absoluto silencio, nuestro maravilloso globo comenzó a elevarse en el cielo nocturno.

–¡Vuela! –exclamó, aplaudiendo y dando saltos–. ¡Vuela! ¡Vuela!

Mi padre estaba casi tan emocionado como yo.

–Es precioso –dijo–. Éste es realmente precioso. Nunca se sabe cómo van a salir hasta que los echas a volar. Cada uno es diferente.

Subía y subía, elevándose muy rápidamente ahora en el fresco aire nocturno. Era como una mágica bola de fuego en el cielo.

–¿Lo verán otras personas? –pregunté.

–Seguro que sí, Danny. Ya está lo bastante alto como para que se vea a varios kilómetros a la redonda.

–¿Qué pensarán que es, papá?

–Un platillo volante. Probablemente llamarán a la policía.

Una ligera brisa se estaba llevando el globo en dirección al pueblo.

–Vamos a seguirlo –dijo mi padre–. Y con un poco de suerte, lo encontraremos cuando caiga.

Corrimos hacia la carretera. Corrimos por la carretera. Continuamos corriendo.

–¡Está bajando! –gritó mi padre–. ¡La llama casi se ha apagado!

Lo perdimos de vista cuando la llama se apagó, pero supusimos más o menos en qué campo iba a aterrizar, y saltamos la puerta de una cerca y corrimos hacia allí. Durante media hora buscamos por el campo en la oscuridad, pero no pudimos encontrarlo.

A la mañana siguiente, volví a buscar el globo yo solo. Recorrí cuatro prados antes de encontrarlo. Estaba en un rincón de un prado lleno de vacas blancas y negras. Las vacas estaban alrededor del globo, mirándolo con sus enormes ojos húmedos. Pero no lo habían dañado en absoluto. Me lo llevé a casa y lo colgué al lado de la cometa, en una pared del taller, para otro día.

–Puedes volar la cometa tú solo siempre que quieras –me dijo mi padre–. Pero no debes volar nunca el globo, a menos que yo esté contigo. Es extremadamente peligroso.

–De acuerdo.

–Prométeme que nunca intentarás lanzarlo tú solo, Danny.

–Te lo prometo.

Luego fue lo de la cabaña que construimos en lo alto del gran roble que había al final de nuestro prado.

Y el arco y las flechas; el arco hecho con una rama de fresno de un metro de largo y las flechas adornadas con plumas de cola de perdiz y de faisán.

Y zancos que me hacían medir tres metros.

Y un bumerán que volvía y caía a mis pies siempre que lo lanzaba.

Y en mi último cumpleaños me regaló algo que era lo más divertido, quizá, de todo. Durante dos días antes de mi cumpleaños mi padre me prohibió entrar en el taller porque estaba trabajando allí en algo que era un secreto.

Y el día de mi cumpleaños, por la mañana, apareció una máquina asombrosa, hecha con cuatro ruedas de bicicleta y varias cajas grandes de jabón. Pero aquello no era una cosa corriente. Tenía un pedal de freno, un volante, un cómodo asiento y un fuerte parachoques que aguantaría bien un golpe. Le llamé Jabonero y, casi todos los días, me lo llevaba a la cima de la colina, detrás de la gasolinera, y bajaba en él a una velocidad increíble, saltando sobre los baches como un caballo salvaje.

Así que, como verás, tener ocho años y vivir con mi padre era la mar de divertido. Pero yo estaba deseando tener nueve años. Pensaba que tener nueve sería aún más divertido que tener ocho.

Tal y como salieron las cosas, resultó que yo no estaba enteramente acertado en esto.

Mi noveno año, en verdad, fue más *emocionante* que ningún otro. Pero no todo lo que sucedió fue exactamente divertido.

El profundo y oscuro secreto de mi padre

Éste soy yo a los nueve años. Esta foto me la hicieron justo antes de que empezaran las emociones fuertes y yo no tenía la menor preocupación en el mundo.

A medida que crezcas aprenderás, como lo aprendí yo aquel otoño, que ningún padre es perfecto. Los mayores son unos seres complicados, llenos de rarezas y secretos. Algunos tienen rarezas más raras y secretos más profundos que otros, pero todos ellos, incluyendo a nuestros propios padres, tienen una o dos costumbres secretas, ocultas en la manga, que probablemente te dejarían con la boca abierta si las supieras.

El resto de este libro trata de una costumbre muy secreta que tenía mi padre, y de las extrañas aventuras a las que eso nos llevó a los dos.

Todo empezó un sábado por la tarde. Era el primer sábado de septiembre. A eso de las seis, mi padre y yo cenamos juntos en el carromato como de costumbre. Luego yo me acosté. Mi padre me contó un bonito cuento y me dio las buenas noches con un beso. Yo me dormí.

Por algún motivo, me desperté durante la noche. Me quedé quieto, escuchando para oír la respiración de mi padre en la litera encima de la mía. No oí nada. Él no estaba allí. No tenía ninguna duda. Eso quería decir que había vuelto al taller para terminar un trabajo. Muchas veces lo hacía después de dejarme metido en la cama.

Escuché, esperando oír los habituales sonidos del taller, el tintineo del metal contra el metal o el golpeteo del martillo. Siempre me tranquilizaban mucho esos ruidos en el silencio de la noche, porque me indicaban que mi padre estaba cerca.

Pero esa noche no llegaba ningún sonido del taller. La gasolinera estaba en silencio.

Me levanté de la cama y encontré una caja de cerillas junto al fregadero. Encendí una y la acerqué al viejo reloj que colgaba de la pared, encima del hornillo. Eran las once y diez.

Fui a la puerta del carromato.

–Papá –dije bajito–. Papá, ¿estás ahí?

No hubo respuesta.

Había una pequeña plataforma de madera delante de la puerta, como a un metro sobre el suelo. Desde la plataforma miré a mi alrededor

–¡Papá! –grité–. ¿Dónde estás?

Tampoco hubo respuesta.

En pijama y descalzo, bajé los escalones del carromato y crucé hacia el taller. Encendí la luz. El coche viejo en el que habíamos estado trabajando durante el día estaba allí, pero mi padre, no.

Ya he dicho que nosotros no teníamos coche, así que no había posibilidad de que hubiera ido a dar una vuelta, además, él nunca hubiese hecho eso. Yo estaba seguro de que nunca me habría dejado solo de noche y sin motivo en la gasolinera.

En cuyo caso, pensé, tenía que haberse desmayado de repente por alguna espantosa enfermedad o haberse caído y golpeado la cabeza.

Necesitaba una luz si quería encontrarlo. Agarré una linterna del taller.

Miré en la oficina. Di la vuelta y busqué detrás de la oficina y del taller.

Corrí por el prado hasta el retrete. Estaba vacío.

–¡Papa! –grité en la oscuridad–. ¡Papá! ¿Dónde estás?

Volví corriendo al carromato. Dirigí la luz a su litera para tener la absoluta seguridad de que no estaba allí.

No estaba en su litera.

Me quedé en el carromato y, por primera vez en mi vida, tuve un momento de pánico. La gasolinera estaba muy lejos de la granja más próxima. Me puse la manta de mi cama sobre los hombros. Luego salí del carromato y me senté en la plataforma con los pies en el escalón superior. Había una brillante luna en el cielo y, al otro lado de la carretera, veía el prado grande, pálido y desierto a la luz de la luna. El silencio era mortal.

No sé cuánto tiempo estuve allí sentado. Puede que fuera una hora. Puede que fueran dos. Pero no me adormilé ni un instante. Quería escuchar todo el tiempo. Si escuchaba con mucha atención, quizá oyera algo que me indicara dónde estaba él.

Luego, al fin, muy lejos, oí pasos en la carretera.

Los pasos se acercaban cada vez más.

Tap... tap... tap... tap...

¿Era él? ¿O era otra persona?

Permanecí quieto, vigilando la carretera. No podía ver muy lejos. La carretera se desvanecía en una oscuridad tenuemente iluminada por la luna.

Tap... tap... tap... Se acercaban los pasos.

Entonces una figura apareció entre la neblina.

¡Era él!

Bajé los escalones de un salto y corrí a la carretera para reunirme con él.

–¡Danny! –gritó él–. ¿Qué sucede?

–Pensé que te había ocurrido algo espantoso –dije.

Me agarró de la mano y me condujo al carromato en silencio. Luego me metió en la cama.

–Lo siento. No debí hacerlo. Pero tú no sueles despertarte, ¿verdad?

–¿Dónde has ido, papá?

–Debes de estar cansadísimo –dijo.

–No estoy nada cansado. ¿No podríamos encender la lámpara un ratito?

Mi padre acercó una cerilla a la mecha de la lámpara que colgaba del techo y la llamita amarilla se alzó y llenó el interior del carromato de una pálida luz.

–¿Quieres beber algo caliente? –me preguntó.

–Sí, por favor.

Encendió el hornillo de parafina y puso el agua a hervir.

–He decidido una cosa –dijo–. Te voy a contar el más profundo y oscuro secreto de toda mi vida.

Yo estaba sentado en la litera observando a mi padre.

—Me has preguntado dónde he estado. La verdad es que he estado en el bosque de Hazell.

—¡En el bosque de Hazell! —exclamé—. ¡Eso está lejísimos!

—A nueve kilómetros. Sé que no debería haber ido y lo siento mucho, muchísimo, pero tenía un deseo tan fuerte...

Su voz se apagó.

—Pero ¿por qué querías ir hasta el bosque de Hazell? —pregunté.

Él puso unas cucharadas de cacao y de azúcar en dos tazones, muy despacio, rasando cada cucharada como si estuviera midiendo una medicina.

—¿Sabes lo que quiere decir «furtivo»? —me preguntó.

—¿Furtivo? No, creo que no.

—Así se llama a la persona que entra en los bosques en plena noche y vuelve con algo para la cazuela. Los furtivos de otros sitios se llevan otras cosas, pero por aquí siempre se vuelve con faisanes.

—¿Quieres decir *ladrón*? —dije, horrorizado.

—Nosotros no lo vemos de esa manera —contestó mi padre—. Ser furtivo es un arte. Un buen furtivo es un gran artista.

—¿Es eso lo que estabas haciendo en el bosque de Hazell, papá? ¿Llevarte faisanes?

—Estaba practicando ese arte. Es puro arte ser un buen furtivo.

Yo estaba horrorizado. ¡Mi propio padre era un ladrón! ¡Este hombre tan dulce y cariñoso! Yo no podía creer que fuese a escondidas al bosque, de noche, para robar valiosas aves que pertenecían a otro.

–El agua está hirviendo –dije.

–¡Ah!, sí, es verdad.

Echó el agua en los tazones y me trajo el mío. Luego agarró el suyo y se sentó a los pies de mi litera.

–Tu abuelo –me contó–, mi padre, era un magnífico y espléndido furtivo. Fue él quien me enseñó todo sobre ese arte. Él me contagió su pasión cuando yo tenía diez años y nunca la he perdido desde entonces. La verdad es que en aquellos tiempos casi todos los hombres del pueblo iban por las noches al bosque. Y lo hacían no sólo porque les encantaba ese deporte, sino porque necesitaban comida para sus familias. Cuando yo era niño, eran malos tiempos para mucha gente en Inglaterra. Había muy poco trabajo en todas partes, y algunas familias pasaban literalmente hambre. Sin embargo, a pocos kilómetros, en los bosques del hombre rico de esta región, se alimentaba a miles de faisanes dos veces al día como si fueran reyes. Así que, ¿podrías reprocharle a mi padre que fuese a veces allí y trajese a casa un ave o dos para dar de comer a su familia?

–No, claro que no. Pero nosotros no pasamos hambre, papá.

–¡No has comprendido la cuestión, Danny! ¡No es eso! ¡Ser furtivo es un deporte tan fabuloso y excitante que, una vez que empiezas a practicarlo, se te mete en la sangre y no puedes dejarlo! Imagínate –dijo, levantándose de un salto y gesticulando con el tazón en la mano–, imagínate por un momento que estás allí solo, en el bosque oscuro, y el bosque está lleno de guardabosques escondidos detrás de los árboles, y los guardas tienen escopetas...

–¡Escopetas! –exclamé–. ¡No pueden tener escopetas!

–Todos los guardabosques llevan escopetas, Danny. Es por los bichos principalmente, por los zorros, los armiños y las comadrejas que atacan a los faisanes. Pero también disparan a los furtivos, si ven a uno.

–Estás de broma, papá.

–En absoluto. Pero siempre lo hacen por la espalda. Sólo cuando estás tratando de escapar. Les gusta soltarte una perdigonada en las piernas desde unos cincuenta metros.

–¡No pueden hacer eso! –grité–. ¡Podrían ir a la cárcel por dispararle a alguien!

–¡Tú podrías ir a la cárcel por ser furtivo! –dijo mi padre. Ahora había un destello en sus ojos que yo no había visto antes–. Muchas noches, cuando yo era niño, Danny, he entrado en la cocina y he visto a mi padre tumbado boca abajo sobre la mesa, y a mi madre inclinada sobre él sacándole los perdigones del trasero con un cuchillo de cocina.

–¡No es verdad! –dije, echándome a reír.

–¿No me crees?

–Sí, te creo.

–Hacia el final estaba tan cubierto de diminutas cicatrices blancas que parecía exactamente como si le hubiera nevado encima.

–No sé por qué me río. No es gracioso, es horrible.

–«Culo de furtivo» le llamaban –dijo mi padre–. Y no había un hombre en todo el pueblo que no tuviera esas marcas, más o menos. Pero mi padre era el campeón. ¿Qué tal está el cacao?

–Bien, gracias.

–Si tienes hambre, podríamos prepararnos un banquete de medianoche –dijo él.

–¿Sí, papá?

–Claro.

Mi padre sacó la lata del pan, la mantequilla y el queso y empezó a preparar sándwiches.

—Deja que te cuente algo sobre este absurdo asunto de la caza del faisán. Lo primero es que sólo la practican los ricos. Solamente los muy ricos pueden permitirse el lujo de criar faisanes únicamente por el placer de dispararles cuando crecen. Esos idiotas se gastan enormes sumas de dinero todos los años en comprar crías de faisanes y criarlos en gallineros hasta que son lo bastante grandes como para soltarlos en el bosque. Allí, las aves jóvenes se mueven en bandadas, como polluelos. Los guardas los protegen y los alimentan dos veces al día con el mejor grano, hasta que están tan gordos que apenas pueden volar. Luego contratan ojeadores, que van por el bosque batiendo palmas y haciendo todo el ruido que pueden, para llevar los faisanes medio domésticos hacia los puestos donde están los medio hombres con sus escopetas. Luego, *bang, bang, bang,* y van cayendo. ¿Quieres mermelada de fresa en uno de los sándwiches?

—Sí, por favor. Uno de mermelada y uno de queso. Pero, papá...

—¿Qué?

—¿Cómo cazas los faisanes? ¿Tienes una escopeta escondida allí en algún sitio?

—¡Una escopeta! —gritó él, escandalizado—. El verdadero furtivo no dispara a los faisanes, Danny, ¿no lo sabías? Bastaría con disparar una pistola de fogueo en esos bosques y todos los guardas se te echarían encima.

—Entonces, ¿cómo lo haces?

—¡Ah! —exclamó mi padre, y sus párpados se entrecerraron, con una expresión misteriosa.

Extendió una espesa capa de mermelada sobre una rebanada de pan, tomándose tiempo.

–Estas cosas son grandes secretos. Grandísimos secretos. Pero creo que si mi padre me los contó a mí, probablemente yo también puedo contártelos a ti. ¿Quieres que te los cuente?

–Sí –contesté –. Cuéntamelos ahora.

Los métodos secretos

Los mejores medios de cazar faisanes furtivamente los descubrió mi padre. Mi padre estudió la caza furtiva del mismo modo que un científico estudia la ciencia.

Mi padre puso mis sándwiches en un plato y me lo trajo a la cama. Yo dejé el plato sobre mis piernas y empecé a comer. Estaba muerto de hambre.

–¿Sabes que mi padre tenía gallos en el patio de casa sólo para practicar? –contó mi padre–. Un gallo es muy parecido a un faisán. Son igual de estúpidos y les gusta el mismo tipo de alimento. El gallo es más doméstico, eso es todo. Así que cada vez que a mi padre se le ocurría un nuevo método de atrapar faisanes, lo probaba primero con un gallo para ver si daba resultado.

–¿Cuáles son los mejores medios? –pregunté.

Mi padre dejó un sándwich a medio comer en el borde del fregadero y me miró en silencio durante unos veinte segundos.

–¿Me prometes que nunca se lo dirás a nadie?

–Te lo prometo.

–Pues ya verás –dijo–. Éste es el primer gran secreto. ¡Ah!, pero es más que un secreto, Danny. Es el más importante descubrimiento en toda la historia de la caza furtiva.

Se acercó un poquitín más a mí. Su cara estaba pálida bajo el pálido resplandor amarillo de la lámpara del techo, pero sus ojos brillaban como estrellas.

–Es lo siguiente –y, de pronto, su voz se hizo suave, susurrante y muy íntima–: Los faisanes se vuelven locos por las pasas.

–¿Ése es el gran secreto?

–Ése es. Quizá no parezca gran cosa dicho así, pero te aseguro que lo es.

–¿Pasas? –dije.

–Pasas corrientes. Para ellos es como una manía. Le tiras un puñado de pasas a un grupo de faisanes y se ponen a pelearse por ellas. Mi padre lo descubrió hace cuarenta años, lo mismo que descubrió las demás cosas que te voy a contar.

Mi padre hizo una pausa y miró hacia atrás como para asegurarse de que no había nadie escuchando en la puerta del carromato.

–El método número uno –dijo en voz baja– se llama cebo de crin de caballo.

–El cebo de crin de caballo –murmuré.

–Eso es –dijo él–. Y el motivo de que sea un método tan estupendo es que es completamente silencioso. Con el cebo de crin de caballo no hay graznidos ni aleteos ni nada cuando atrapas al faisán. Y eso es sumamente importante, porque no olvides, Danny, que en esos bosques, de noche, donde los grandes árboles extienden sus ramas sobre tu cabeza como fantasmas negros, hay tanto silencio que puedes oír a un ratón moverse. Y en algún lugar, los guardas están esperando y escuchando. Están siempre allí, esos guardas, inmóviles contra un árbol o detrás de un arbusto, con las escopetas preparadas.

–¿Qué sucede con el cebo de crin de caballo? –pregunté–. ¿Cómo funciona?

–Es muy sencillo. Primero buscas unas cuantas pasas y las dejas en remojo en agua durante la noche para que estén gordas, blandas y jugosas. Luego consigues un buen pelo de caballo, que sea fuerte, y lo cortas en trocitos de un centímetro.

–¿Pelo de caballo? –repetí–. ¿De dónde sacas el pelo de caballo?

–Lo arrancas de la cola de un caballo, naturalmente. No es difícil, siempre que te pongas a un lado mientras lo haces, para que no te dé una coz.

–Sigue –dije.

–Pues cortas el pelo en trocitos de un centímetro. Luego clavas un trocito en el centro de una pasa, de modo que sobresalga una punta de pelo por cada lado. Eso es todo. Ya estás listo para atrapar un faisán. Si quieres atrapar más de uno, preparas más pasas. Entonces, cuando llega la noche, te vas al bosque, asegurándote de llegar allí antes de que los faisanes se hayan subido a los árboles a dormir. Entonces echas las pasas al suelo. Y pronto aparece un faisán y se las come.

–¿Y qué pasa entonces? –pregunté.

–Eso es lo que descubrió mi padre –contestó él–. Lo primero es que el pelo de caballo hace que la pasa se pegue en la garganta del faisán. No le hace daño. Sencillamente se le queda allí y le pica, como cuando se te atraviesa una miga en la garganta. Pero luego, aunque no te lo creas, ¡el faisán nunca más mueve las patas! Se queda totalmente clavado en el sitio, allí puesto, mientras sube y baja el cuello como un pistón, y lo único que tienes que hacer es salir rápidamente del lugar donde estás escondido y agarrarlo.

–¿De verdad es así, papá? –pregunté.

–Te lo juro. Una vez que el faisán se ha tomado el cebo de crin de caballo, puedes bañarlo con una manguera, que no se moverá. Es una de esas cosas inexplicables. Pero hace falta ser un genio para descubrirlo.

Mi padre hizo una pausa y había un brillo de orgullo en sus ojos mientras se entregaba al recuerdo de su padre, el gran inventor de métodos furtivos.

–Pues ése es el método número uno –dijo.

–¿Cuál es el número dos? –pregunté.

–¡Ah! El número dos es verdaderamente precioso. Un relámpago de puro ingenio. Incluso me acuerdo del día en que lo inventó. Yo tendría la misma edad que tú ahora, y era un domingo por la mañana, y mi padre entra en la cocina con un enorme gallo blanco en las manos. «Creo que ya lo tengo», dice. Hay una sonrisita en sus labios y un brillo de triunfo en sus ojos y entra muy rápido y coloca el gallo en el centro de la mesa de la cocina. «Por todos los diablos –dice–, tengo uno muy bueno esta vez».

«Un ¿qué?», dice mi madre, levantando la vista del fregadero. «Horace, quita ese asqueroso animal de mi mesa».

–El gallo tiene un extraño gorrito de papel en la cabeza –continuó mi padre–, como un cucurucho de helado invertido, y mi padre lo señala orgullosamente y dice: «Acarícialo. Anda, tócalo. Hazle lo que quieras. Verás cómo no se mueve ni pizca». El gallo empieza a arañar el gorro de papel con la pata, pero el gorro parece estar bien sujeto y no sale. «Ningún ave del mundo saldrá nunca corriendo si le tapas los ojos», dice mi padre, y empieza a pinchar al gallo con el dedo y a empujarlo. El gallo no hace el menor caso. «Puedes quedarte con éste», le dice a mi madre. «Puedes quedártelo, retorcerle el pescuezo y guisarlo para la cena y así celebrar lo que acabo de inventar». Enseguida me agarra del brazo, me saca rápidamente de casa y me lleva a través de los prados hasta el bosque grande que está al otro lado de Little Hampden, que entonces pertenecía al duque de Buckingham. Y en menos de dos horas atrapamos cinco faisanes, gordos y hermosos, sin más trabajo que el que cuesta ir a la tienda a comprarlos.

Mi padre se detuvo para tomar aliento. Le brillaban mucho los ojos al contemplar aquel maravilloso mundo de su juventud.

–Pero, papá –dije–. ¿Cómo pones el gorro de papel en la cabeza del faisán?

–Nunca lo adivinarías, Danny.

–Dímelo.

–Escucha con atención –dijo, mirando hacia atrás, como si esperara ver a un guardabosques o incluso al propio duque de Buckingham en la puerta del carromato–. Verás cómo se hace. Primero excavas un hoyo pequeño en el suelo. Luego haces un cono de papel y lo metes en el hoyo, con el lado hueco hacia arriba, como una taza. Después untas un poco de cola en el interior del cono de papel y echas unas pasas dentro. Al mismo tiempo, dejas un reguero de pasas en el suelo, que lleva hasta el cono. Entonces, el faisán va picoteando el rastro y cuando llega al hoyo mete la cabeza dentro para comerse las pasas del fondo y, antes de que se entere, tiene un cucurucho de papel pegado a la cara y no puede ver nada. ¿A que es una idea fantástica, Danny? Mi padre lo llamaba «el gorro pegajoso».

–¿Es ése el truco que usaste esta noche, papá? –pregunté.

El asintió con la cabeza.

–¿Cuántos atrapaste?

–Bueno –dijo, con expresión un poco avergonzada–, la verdad es que no traje ninguno. Fui demasiado tarde. Cuando llegué allí ya estaban en los árboles, durmiendo. Eso demuestra que he perdido práctica.

–¿Te divertiste de todas formas?

–Fue maravilloso. Absolutamente maravilloso. Igual que en los viejos tiempos.

Se desnudó y se puso el pijama. Luego apagó la lámpara del techo y trepó a su litera.

–Papá –murmuré.

–¿Qué?

–¿Has hecho esto muchas veces después de que yo me durmiera?

–No –dijo–. Esta noche ha sido la primera vez en nueve años. Cuando murió tu madre y tuve que cuidar de ti yo solo hice la promesa de renunciar a la caza furtiva hasta que fueras lo bastante mayor como para quedarte solo por la noche. Pero esta tarde rompí mi promesa. Tenía tantas ganas de ir al bosque otra vez que no me pude resistir. Siento mucho haberlo hecho.

–Si alguna vez quieres volver a ir, no me importa –dije.

–¿Lo dices en serio?–preguntó, levantando la voz por la emoción–. ¿Lo dices de verdad?

–Sí. Siempre que me lo digas antes. Prometes decírmelo antes de ir, ¿verdad?

–¿Estás completamente seguro de que no te importará?

–Completamente seguro.

–Buen chico –dijo–. Y tendremos faisán asado para cenar siempre que quieras. Está muchísimo más rico que el pollo.

–Papá, ¿y algún día me llevarás contigo?

–¡Ah!, creo que eres aún demasiado joven para andar merodeando por allí en la oscuridad. No quiero que te suelten una perdigonada en el trasero a tu edad.

–Tu padre te llevó cuando tenías mi edad –dije.

Hubo un corto silencio.

–Ya veremos. Pero me gustaría recuperar la práctica antes de prometerte nada, ¿comprendes?

–Sí.

–No quisiera llevarte conmigo hasta que esté en tan buena forma como antes.

–No –dije.

–Buenas noches, Danny. Duérmete ya.

–Buenas noches, papá.

El señor Victor Hazell

El viernes siguiente, mientras estábamos cenando en el carromato, mi padre me dijo:

–Si no tienes inconveniente, Danny, mañana por la noche volveré a salir.

–¿De furtivo?

–Sí.

–¿Será otra vez en el bosque de Hazell?

–Siempre será en el bosque de Hazell –dijo–. Primero, porque es ahí donde hay faisanes. Y, segundo, porque no me gusta ni pizca el señor Hazell y es un placer quitarle sus aves.

Me detendré aquí para contaros algo sobre el señor Hazell. Era cervecero y propietario de una inmensa fábrica de cerveza. Era indeciblemente rico, y su finca se extendía kilómetros y kilómetros a ambos lados del valle. Toda la tierra a nuestro alrededor le pertenecía a él, todo lo que había a los dos lados de la carretera, todo menos el pequeño terreno donde estaba la gasolinera. Ese pedazo de terreno pertenecía a mi padre. Era una islita en medio del vasto océano de la finca del señor Hazell.

Victor Hazell era un pretencioso terrible y trataba desesperadamente de hacerse amigo de quienes él consideraba que eran gente bien. Cazaba con perros, organizaba cacerías y llevaba chalecos de fantasía. Todos los días de trabajo pasaba por delante de nuestra gasolinera en su enorme Rolls Royce plateado, camino de la fábrica de cerveza. Cuando pasaba como un relámpago, a veces entreveíamos su gorda y reluciente cara, colorada como un jamón, blanda e hinchada por beber demasiada cerveza.

–No –dijo mi padre–. No me gusta el señor Hazell ni pizca. No he olvidado la forma en que te habló el año pasado cuando vino a llenar el depósito.

Yo tampoco lo había olvidado. El señor Hazell paró su deslumbrante Rolls Royce junto al surtidor de gasolina y me dijo:

–Llénalo y mucho ojo.

Yo tenía ocho años entonces. Él no se bajó del coche, me tendió la llave del depósito y, al hacerlo, me ladró:

–Y cuidado con tus manos, ¿comprendido?

Yo no había comprendido nada, así que pregunté:

–¿Qué quiere decir, señor?

Había una fusta de cuero en el asiento junto a él. La agarró y me apuntó con ella como si fuera una pistola.

–Si dejas cualquier señal de tus sucios dedos en mi carrocería, me bajaré del coche y te daré una buena paliza.

Mi padre había salido del taller casi antes de que él hubiera terminado de hablar. Se acercó a la ventanilla del coche, puso las manos en el borde y asomó la cabeza.

–No me gusta que le hable a mi hijo de esa manera –dijo con voz peligrosamente suave.

El señor Hazell no lo miró. Se quedó inmóvil, sentado en su Rolls Royce, con sus ojillos de cerdito mirando fijamente al frente. Había una sonrisita de superioridad en las comisuras de su boca.

–No tenía usted ningún motivo para amenazarle –siguió mi padre–. Él no había hecho nada malo.

Victor Hazell continuó actuando como si mi padre no estuviera allí.

–La próxima vez que amenace a alguien con darle una paliza, le sugiero que elija a una persona de su tamaño –dijo mi padre–. Como yo, por ejemplo.

El señor Hazell no se movió.

–Ahora, váyase, por favor. No deseamos servirle.

Me quitó la llave de la mano y se la tiró por la ventanilla. El Rolls Royce se alejó rápidamente en medio de una nube de polvo.

Al día siguiente vino un inspector del Departamento de Sanidad regional y dijo que tenía que examinar nuestro carromato.

–¿Para qué quiere usted examinar el carromato? –preguntó mi padre.

–Para ver si es un lugar adecuado para vivienda de seres humanos –contestó el hombre–. Hoy día no permitimos que la gente viva en sucias y ruinosas chabolas.

Mi padre le enseñó el interior del carromato, que estaba impecablemente limpio, como siempre, y lo más acogedor posible y, al final, el hombre tuvo que reconocer que no había nada de malo allí.

Poco después se presentó otro inspector y tomó una muestra de gasolina de uno de nuestros depósitos subterráneos. Mi padre me explicó que estaban comprobando si mezclábamos la gasolina de segundo grado con la de primer grado, lo cual es un viejo fraude que ponen en práctica los dueños de gasolineras desaprensivos. Naturalmente, nosotros no hacíamos eso.

Apenas transcurría una semana sin que algún funcionario local pasara por allí para comprobar esto o aquello, y había pocas dudas, comentó mi padre, de que el largo y poderoso brazo del señor Hazell estuviera actuando entre bastidores, tratando de echarnos de nuestra tierra.

Así que, todo sumado, podréis comprender por qué a mi padre le proporcionaba cierta satisfacción cazar los faisanes del señor Hazell.

Esa noche pusimos las pasas en remojo.

El día siguiente era el día elegido, y no creáis que a mi padre se le había olvidado. Desde el momento en que se levantó de la cama por la mañana, la emoción empezó a acumularse en su interior. Era sábado; por lo tanto, yo no tenía que ir al colegio, y pasamos la mayor parte del día en el taller limpiando la carbonilla de los cilindros del Austin Siete del señor Pratchett. Era un estupendo cochecito, construido en 1933, un pequeño milagro de la mecánica que seguía funcionando tan suavemente como siempre, a pesar de que ya tenía más de cuarenta años. Mi padre me dijo que estos Austin Siete fueron los primeros Minis que se construyeron. El señor Pratchett, que era dueño de una granja de pavos cerca de Aylesbury, estaba orgullosísimo del suyo y siempre nos lo traía para las reparaciones.

Trabajando juntos, soltamos los muelles de las válvulas y las sacamos. Desatornillamos las tuercas de la cabeza del cilindro y lo desmontamos. Luego empezamos a limpiar la carbonilla del interior de la cabeza y de los pistones.

–Quiero marcharme antes de las seis –dijo mi padre–. Así llegaré al bosque justo al anochecer.

–¿Por qué al anochecer? –pregunté.

–Porque, al anochecer, dentro del bosque todo se vuelve velado y borroso. Puedes ver lo suficiente para saber por dónde vas, pero no es fácil que alguien te vea. Y cuando amenaza el peligro, siempre puedes ocultarte entre las sombras, que son tan oscuras como boca de lobo.

–¿Por qué no esperas hasta que sea completamente de noche? Así no te vería nadie.

–Si hiciera eso, no atraparía nada. Cuando llega la noche, todos los faisanes vuelan a los árboles para dormir. Los faisanes son igual que las otras aves. Nunca duermen en tierra. El crepúsculo –añadió– empieza a las siete y media esta semana. Y como hay por lo menos hora y media de camino, no debo marcharme más tarde de las seis.

–¿Vas a usar el gorro pegajoso o el cebo de crin de caballo? –pregunté.

–El gorro pegajoso –dijo–. Me gusta mucho el gorro pegajoso.

–¿Cuándo volverás?

–A eso de las diez –dijo–. Diez y media como máximo. Te prometo que estaré aquí a las diez y media. ¿Estás seguro de que no te importa quedarte solo?

–Segurísimo. Pero no te pasará nada, ¿verdad, papá?

–No te preocupes por mí –dijo, rodeándome los hombros con su brazo y dándome un apretón.

–Pero dijiste que no había un hombre en el pueblo de tu padre que no recibiera una perdigonada de los guardas antes o después.

–¡Ah!, sí. Eso dije, ¿verdad? Pero en aquellos tiempos había muchos más guardas en el bosque que ahora. Había uno casi detrás de cada árbol.

–¿Cuántos hay ahora en el bosque de Hazell?

–No demasiados. No demasiados.

A medida que pasaba el día, yo notaba que mi padre se iba poniendo cada vez más impaciente y nervioso. A las cinco ya habíamos terminado el trabajo en el Austin Siete y juntos lo probamos en la carretera.

A las cinco y media cenamos salchichas y bacon, pero mi padre casi no comió nada.

A las seis en punto me dio un beso de despedida y dijo:

–Prométeme que no me vas a esperar levantado, Danny. Acuéstate a las ocho y duérmete. ¿De acuerdo?

Echó a andar y yo me quedé en la plataforma del carromato, mirándole marchar. Me encantaba su forma de andar. Tenía la zancada larga de todos los campesinos que están acostumbrados a cubrir grandes distancias a pie. Llevaba un viejo jersey azul marino y una gorra aún más vieja. Se volvió y me saludó con la mano. Yo hice lo mismo. Luego desapareció tras un recodo de la carretera.

El Austin Siete

Me subí a una silla dentro del carromato y encendí la lámpara de aceite. Tenía deberes de fin de semana y pensé que podía ser un buen momento para hacerlos. Puse los libros sobre la mesa y me senté. Pero descubrí que me era imposible concentrarme en mi trabajo.

El reloj marcaba las siete y media. Ésta era la hora del crepúsculo. Ya estaría allí. Le imaginé con su jersey azul marino y su gorra de visera caminando con paso suave por el sendero hacia el bosque. Me dijo que se ponía ese jersey porque el azul marino apenas se veía en la oscuridad. El negro era todavía mejor, dijo. Pero no tenía un jersey negro y el azul marino era casi igual. La gorra de visera también era importante, me explicó, porque la visera daba sombra sobre la cara. Justo ahora estaría a punto de atravesar el seto y entrar en el bosque. Lo veía dentro del bosque, pisando con cuidado el suelo cubierto de hojas, deteniéndose, escuchando, avanzando, y todo el tiempo buscando con la vista al guarda que podía estar parado como un poste junto a un gran árbol, con una escopeta bajo el brazo.

«Los guardas apenas se mueven cuando vigilan el bosque», me había dicho. «Se quedan completamente quietos contra el tronco de un árbol, y no es fácil ver a un hombre inmóvil en esa posición a la media luz del anochecer, cuando las sombras son tan oscuras como boca de lobo».

Cerré los libros. Era inútil intentar estudiar. Decidí irme a la cama. Me desnudé, me puse el pijama y me acosté. Dejé la lámpara encendida. Me dormí pronto.

Cuando volví a abrir los ojos, la lámpara de aceite seguía encendida y el reloj marcaba las dos y diez.

¡Las dos y diez!

Salté de la cama y miré en la litera de arriba. Estaba vacía.

Me había prometido estar en casa a las diez y media como máximo, y él nunca rompía sus promesas.

¡Llevaba casi cuatro horas de retraso!

En ese momento me dominó una aterradora sensación de catástrofe. Esta vez sí que le había sucedido algo. Estaba completamente seguro de ello.

«Domínate», me dije. «No dejes que el pánico se apodere de ti. La semana pasada estabas muerto de pánico y te pusiste en ridículo».

Sí, pero la semana pasada era algo totalmente distinto. Él no me había prometido nada la semana pasada. Esta vez había dicho: «Te prometo que volveré a las diez y media». Ésas fueron sus palabras exactas. Y él nunca, absolutamente nunca, rompía sus promesas.

Volví a mirar el reloj. Había salido del carromato a las seis, lo que significaba que ¡llevaba ocho horas fuera!

Tardé dos segundos en decidir lo que debía hacer.

Muy rápidamente me quité el pijama y me puse la camisa y los vaqueros. Quizá los guardas le habían herido tan gravemente que no podía andar. Me metí el jersey por la cabeza. No era negro ni azul marino. Era una especie de marrón claro. Tendría que servir. Quizá estaba tirado en el bosque desangrándose. Mis zapatillas de lona tampoco eran del color adecuado. Eran blancas. Pero estaban sucias y no parecían muy blancas. ¿Cuánto tardaría en llegar al bosque? Hora y media. Menos si corría casi todo el camino, pero no mucho menos. Cuando me agaché para atarme los cordones, noté que me temblaban las manos. Y en el estómago tenía una sensación espantosa, como si estuviera lleno de agujas.

Bajé corriendo los escalones y fui al taller a coger la linterna. Una linterna es buena compañera cuando estás solo en el campo, de noche, y yo quería llevarla conmigo. Agarré la linterna y salí del taller. Me detuve un momento junto a los surtidores de gasolina. Hacía tiempo que la luna había desaparecido, pero el cielo estaba despejado y una gran masa de estrellas giraba sobre mi cabeza. No hacía nada de viento, ni se escuchaban sonidos de ninguna clase. A mi derecha, adentrándose en la negrura del campo, estaba la solitaria carretera que conducía al peligroso bosque.

Nueve kilómetros.

Gracias a Dios que yo conocía el camino.

Pero iba a ser una larga y dura caminata.

Tenía que intentar mantener un buen paso regular y no agotarme corriendo para tener que pararme después del primer kilómetro.

En ese momento se me ocurrió una idea loca y maravillosa.

¿Por qué no ir en el Austin Siete? Realmente yo sabía conducir. Mi padre siempre me permitía mover los coches que traían para repararlos. Me dejaba meterlos en el taller y luego sacarlos marcha atrás. Y algunas veces yo los llevaba despacio, en primera, dando vueltas a los surtidores. Me encantaba hacerlo. Y llegaría allí muchísimo antes si iba en coche. Se trataba de un caso de emergencia. Si él estaba herido y desangrándose, cada minuto contaba. Yo nunca había conducido por carretera, pero seguramente no encontraría otros coches a aquella hora de la noche. Iría muy despacio y me mantendría muy cerca del seto del lado correcto.

Volví al taller y encendí la luz. Abrí las puertas dobles. Me senté en el asiento del conductor del Austin. Quité el freno de mano. Encontré el botón de arranque y lo oprimí. El motor tosió una vez y luego arrancó.

Ahora las luces. Había un interruptor en el salpicadero y encendí los intermitentes. Busqué el pedal del embrague con la punta del pie. Llegaba justo, pero tenía que inclinar la punta si quería apretarlo a fondo. Apreté el pedal. Luego puse la palanca de cambio en marcha atrás. Lentamente, saqué el coche del taller.

Dejé el motor en marcha y volví para apagar la luz. Era mejor que todo pareciera lo más normal posible. La gasolinera estaba ahora a oscuras, salvo una tenue luz que salía del carromato, donde la lámpara de aceite seguía ardiendo. Decidí dejarla así.

Volví al coche. Cerré la portezuela. Las luces de posición eran tan débiles que apenas se notaban. Encendí las largas. Eso estaba mejor. Busqué el mando para cambiar a las cortas. Lo encontré, lo probé y funcionó. Puse las largas. Si me cruzaba con otro coche, debía acordarme de cambiar, aunque en realidad no eran lo bastante fuertes para deslumbrar ni a una cucaracha. No daban más luz que un par de linternas buenas.

Apreté el pedal del embrague otra vez y metí la primera. Bien. Mi corazón latía tan furiosamente que lo oía en la garganta. A diez metros tenía la carretera. Estaba oscura como boca de lobo. Solté el embrague muy despacio. Al mismo tiempo, apreté un poquito el acelerador con el pie derecho y, con cuidado, ¡oh, qué maravilla!, el cochecito empezó a moverse. Apreté el acelerador un poco más. Salimos despacito de la gasolinera y entramos en la oscura y desierta carretera.

No pretendo decir que no estaba aterrado. Lo estaba. Pero mezclada con un miedo espantoso había una magnífica emoción. La mayoría de las cosas verdaderamente excitantes que hacemos en nuestra vida nos dan un miedo mortal. No serían emocionantes si no nos lo dieran. Iba sentado muy rígido y tieso, aferrando con fuerza el volante con las dos manos. Mis ojos quedaban más o menos a la altura de la parte superior del volante. Me hubiera venido bien ponerme un cojín para quedar más alto, pero era demasiado tarde para hacerlo.

En la oscuridad, la carretera parecía tremendamente estrecha. Pero yo sabía que había suficiente espacio para que pasaran dos coches. Desde la gasolinera los había visto hacerlo un millón de veces. Pero desde donde yo estaba no lo parecía. En cualquier momento, una cosa con faros deslumbradores podía venir hacia mí, rugiendo a noventa kilómetros por hora, un pesado camión o uno de esos autocares grandes que viajan de noche llenos de pasajeros. ¿Iba demasiado en el centro de la carretera? Sí. Pero no quería irme más al borde por miedo de salirme al arcén. Si chocaba con el seto y rompía el eje frontal, todo estaría perdido y nunca podría llevar a mi padre a casa.

El motor estaba empezando a vibrar. Seguía en primera. Era vital cambiar a segunda porque, de lo contrario, el motor se calentaría demasiado. Yo sabía cómo se hacía, pero nunca había intentado hacerlo. En la gasolinera siempre me movía en primera.

Bueno, allá vamos.

Retiré el pie del acelerador. Pisé el embrague y lo mantuve a fondo. Encontré la palanca de cambio y tiré de ella hacia atrás, de primera a segunda. Solté el embrague y apreté el acelerador. El cochecito dio un salto hacia delante como si lo hubieran picado. Estábamos en segunda.

¿A qué velocidad iba? Miré el indicador. Estaba muy poco iluminado, pero pude leerlo. Ponía veintidós kilómetros por hora. Bien. Eso era suficiente. Me quedaría en segunda. Empecé a calcular cuánto tardaría en hacer nueve kilómetros si seguía a veintidós por hora.

A noventa kilómetros por hora, nueve kilómetros serían seis minutos.

A cuarenta y cinco, tardaría el doble, doce minutos.

A veintidós, sería otra vez el doble, veinticuatro minutos.

Seguí adelante. Conocía cada tramo de la carretera, cada curva, cada subida y cada bajada. En un momento dado, un zorro salió del seto delante de mí y cruzó corriendo la carretera con su larga y peluda cola extendida. Lo vi claramente a la luz de los faros. Su piel era de color castaño rojizo y tenía el hocico blanco. Era precioso verlo. Empecé a preocuparme por el motor. Sabía muy bien que se recalentaría si conducía mucho rato seguido en primera o en segunda. Estaba en segunda. Tenía que cambiar a tercera. Respiré hondo y agarré otra vez la palanca. Quité el pie del acelerador. Metí el embrague. Palanca arriba, a un lado y arriba otra vez. Embrague fuera. ¡Lo hice! Apreté el acelerador. El indicador de velocidad subió a cuarenta y cinco. Agarré el volante muy fuerte con las dos manos y me mantuve en el centro de la carretera. A esta velocidad, pronto estaría allí.

El bosque de Hazell no estaba en la carretera principal. Para llegar allí había que meterse, a la izquierda, por un hueco en el seto y recorrer un camino lleno de baches, aproximadamente medio kilómetro. Si el suelo hubiera estado mojado, no hubiese sido posible llegar allí en coche. Pero no había llovido desde hacía una semana y, seguramente, la tierra estaría seca y dura. Calculé que ya debía de estar bastante cerca del sitio donde había que torcer. Tenía que ir con cuidado. Sería fácil pasárselo. No había puerta ni nada que indicase dónde estaba. Era simplemente un hueco en el seto, justo lo bastante ancho para que pudieran pasar los tractores de la granja.

De repente, delante de mí, lejos, justo debajo de la línea del horizonte, vi una mancha de luz amarilla. La miré y me eché a temblar. Era lo que había estado temiendo todo el rato. Muy rápidamente, la luz se hacía cada vez más fuerte, estaba cada vez más cerca y, en pocos segundos, tomó forma y se convirtió en el largo rayo blanco de los faros de un coche que corría hacia mí.

El punto donde yo tenía que girar debía de estar ya muy cerca. Estaba ansioso por llegar allí y salir de la carretera antes de que aquel monstruo me alcanzara a mí. Pisé con fuerza el acelerador. El pequeño motor rugió. La aguja del cuentakilómetros subió de cuarenta y cinco a cincuenta y dos y luego a sesenta. Pero el otro coche se acercaba velozmente. Sus faros eran como dos blancos ojos deslumbradores, que se hacían cada vez más grandes. Y, de pronto, toda la carretera delante de mí estaba iluminada como si fuera de día, el coche pasó a mi lado silbando como una bala. Pasó tan cer-

ca que sentí su viento a través de la ventanilla abierta. Y en esa fracción de segundo en que estuvimos uno junto al otro vislumbré la carrocería pintada de blanco y supe que era la policía. No me atreví a volverme para ver si se paraban y venían tras de mí. Estaba seguro de que se iban a parar. Cualquier policía del mundo se detendría si de pronto se cruzara con un niño que condujera un cochecito por una carretera solitaria a las dos y media de la noche. Mi único pensamiento era huir, escapar, desaparecer, aunque Dios sabe cómo iba a conseguirlo. Pisé el acelerador aún más fuerte. Entonces, de repente, a la débil luz de mis faros, vi el pequeño hueco en el seto, a mi izquierda. Ya no había tiempo para frenar ni para reducir la velocidad, así que di un volantazo y recé. El cochecito giró violentamente, se salió de la carretera, pasó por el hueco de un salto, cayó de golpe sobre el terreno en pendiente, rebotó bien alto y luego derrapó y se detuvo de costado detrás del seto.

Lo primero que hice fue apagar las luces. No estoy seguro de por qué lo hice, excepto porque sabía que debía ocultarme y si uno quiere esconderse de alguien en la oscuridad no enciende luces para indicarle dónde está. Me quedé quieto en mi coche. El seto era espeso y no podía ver nada a través de él.

El coche había rebotado y patinado de tal modo que ahora estaba totalmente fuera del camino. Había quedado detrás del seto, en una especie de prado, con el morro en dirección a nuestra gasolinera. Oí el coche de la policía. Se había parado unos cincuenta metros más allá y ahora estaba retrocediendo para dar la vuelta. La carretera era demasiado estrecha para poder cambiar de sentido sin hacer maniobras. Entonces el ruido del motor se hizo más fuerte y volvieron rápidamente con los faros encendidos. Pasaron por delante del lugar donde yo estaba escondido y se perdieron en la noche a toda velocidad.

Eso significaba que el policía no me había visto salir de la carretera.

Pero era seguro que volvería a buscarme. Y si pasaba despacio, probablemente vería el hueco. Se pararía y se bajaría del coche. Entraría por el hueco y miraría detrás del seto y, entonces..., entonces su linterna me iluminaría la cara y él me diría: «¿Qué pasa, hijo? ¿Qué es esto? ¿Dónde

crees que vas? ¿De quién es este coche? ¿Dónde vives? ¿Dónde están tus padres?». Me obligaría a ir con él a la comisaría, y al final me sacarían toda la historia, y eso sería la ruina de mi padre.

Me quedé allí, tan silencioso como un ratón, y esperé. Esperé mucho rato. Luego oí el ruido de un motor que venía en mi dirección. Hacía un ruido tremendo. Iba a toda mecha. Pasó zumbando como un cohete. Por el modo en que forzaba el motor, comprendí que estaba muy enfadado. Probablemente también estaba muy desconcertado. Quizá pensaba que había visto un fantasma. Un niño fantasma conduciendo un coche fantasma.

Esperé por si volvía.

No volvió.

Encendí mis luces.

Apreté el botón de arranque. Enseguida se puso en marcha.

Pero ¿qué pasaría con las ruedas y el chasis? Estaba seguro de que algo debía de haberse roto cuando se salió de la carretera de un salto y cayó en el camino de carros.

Metí la primera muy suavemente y lo hice avanzar un poco. Escuché atentamente, esperando oír ruidos horribles. No hubo ninguno. Conseguí sacarlo de la hierba y volver al camino.

Conduje muy despacio ahora. El camino estaba lleno de baches y la pendiente era bastante pronunciada. El cochecito traqueteaba y brincaba, pero seguía adelante. Por fin, delante de mí, a la derecha, como una gigantesca bestia negra agazapada sobre la cima de la colina, vi el bosque de Hazell.

Pronto estuve allí. Árboles inmensos se elevaban hacia el cielo a todo lo largo del lado derecho del camino. Detuve el coche. Apagué el motor y las luces. Me bajé, llevando la linterna conmigo.

Había un seto que separaba el bosque del camino. Lo atravesé con dificultad y de pronto me encontré en el interior del bosque. Cuando miré hacia arriba, los árboles se habían cerrado sobre mi cabeza como el techo de una prisión y no veía ni el más pequeño pedazo de cielo ni una sola estrella. No veía nada en absoluto. La oscuridad a mi alrededor era tan sólida que casi podía tocarla.

—¡Papá! —llamé—. Papá, ¿estás ahí?

Mi aguda vocecita resonó entre los árboles y luego se apagó. Escuché, pero no hubo respuesta.

El hoyo

No me es posible describiros lo que era estar allí solo, en la negra oscuridad de aquel bosque silencioso, a altas horas de la noche. La sensación de soledad era abrumadora, el silencio tan profundo como la muerte, y los únicos sonidos eran los que yo mismo hacía. Intenté quedarme absolutamente inmóvil el mayor tiempo posible para ver si podía oír algo. Escuché y escuché. Contuve el aliento y volví a escuchar. Tuve la extraña sensación de que todo el bosque escuchaba conmigo, los árboles y los arbustos, los animalitos ocultos en la maleza y los pájaros que descansaban en las ramas. Todos escuchaban. Hasta el silencio escuchaba. El silencio escuchaba al silencio.

Encendí la linterna. Un brillante rayo de luz se extendió ante mí como un largo brazo blanco. Eso estaba mejor. Ahora, por lo menos, veía por dónde iba.

También lo verían los guardas. Pero los guardas ya no me importaban. La única persona que me importaba era mi padre. Quería recuperarle.

Mantuve la linterna encendida y me adentré en el bosque.

—¡Papá! —grité—. ¡Papá! ¡Soy Danny! ¿Estás ahí?

No sabía en qué dirección iba. Simplemente continué andando y llamando, andando y llamando; y cada vez que lo llamaba, me paraba y escuchaba. Pero no había respuesta.

Después de un rato, mi voz comenzó a temblar. Empecé a decir tonterías como:

—¡Oh, papá, por favor, dime dónde estás! ¡Por favor, contéstame! ¡Por favor, oh, por favor!...

Y supe que, si no tenía cuidado, la más absoluta desesperación se apoderaría de mí y entonces renunciaría y me dejaría caer bajo los árboles.

—¿Estás ahí, papá? —grité—. ¿Estás ahí? ¡Soy Danny!

Me quedé parado, mientras escuchaba, escuchaba, escuchaba, y en el silencio que siguió oí o creí oír un leve, pero muy leve, sonido de una voz humana.

Me quedé congelado y seguí escuchando.

Sí, allí estaba otra vez.

Y corrí hacia el sonido.

—¡Papá! —grité—. ¡Soy Danny! ¿Dónde estás?

Me detuve de nuevo y escuché.

Esta vez la respuesta me llegó justo lo bastante fuerte como para entender las palabras.

—¡Estoy aquí! —dijo la voz—. ¡Por aquí!

¡Era él!

Yo estaba tan nervioso que me temblaban las piernas.

—¿Dónde estás, Danny? —llamó mi padre.

—¡Estoy aquí, papá! Voy.

Con el rayo de la linterna iluminando mi camino, corrí hacia la voz. Allí los árboles eran más grandes y estaban más espaciados. El suelo era una alfombra de hojas secas del otoño anterior y resultaba fácil correr sobre ella. Ya no volví a gritar. Únicamente corrí como un relámpago.

Y de repente, oí su voz justo delante de mí.

—¡Para, Danny, para! —gritó.

Me paré en seco. Iluminé el suelo con la linterna. No lo vi.

—¿Dónde estás, papá?

—Estoy aquí abajo. Avanza despacio. Pero ten cuidado. No te caigas.

Avancé con pies de plomo. Entonces vi el hoyo. Me acerqué al borde y dirigí la luz hacia abajo, y allí estaba mi padre. Estaba sentado en el fondo del hoyo, con la cara levantada hacia la luz.

—Hola, mi maravilloso hijo. Gracias por venir.

—¿Estás bien, papá?

—Me parece que me he roto el tobillo al caer aquí dentro.

Habían cavado el hoyo en forma de cuadrado, con dos metros de ancho aproximadamente. Pero la profundidad era impresionante. Tenía por lo menos tres metros y medio. Los lados iban cortados en vertical hasta el fondo, probablemente con una pala mecánica, y nadie hubiera podido salir de allí sin ayuda.

–¿Te duele? –pregunté.

–Sí. Me duele mucho. Pero no te preocupes por eso. Lo importante es que tengo que salir de aquí antes de la mañana. Los guardas saben dónde estoy y vendrán a buscarme en cuanto se haga de día.

–¿Hicieron el hoyo para atrapar a la gente?

–Sí –dijo.

Moví la luz de la linterna en torno al hoyo y vi que los guardas lo habían cubierto con ramas y hojas y que todo

ello había cedido cuando mi padre lo pisó. Era el tipo de trampa que utilizan los cazadores en África para atrapar animales salvajes.

–¿Saben los guardas quién eres?

–No. Vinieron dos y me iluminaron con una linterna, pero yo me tapé la cara con los brazos y no pudieron reconocerme. Les oí tratando de adivinar quién era. Dijeron muchos nombres, pero no mencionaron el mío. Entonces uno de ellos me gritó: «Ya descubriremos quién eres por la mañana. ¿Y a que no adivinas quién vendrá a pescarte?». No contesté. No quería que oyeran mi voz. «Te diré quién vendrá. ¡El señor Victor Hazell en persona vendrá con nosotros a saludarte!». Y el otro dijo: «¡No quiero ni pensar lo que te va a hacer cuando te ponga las manos encima!». Se echaron a reír y se marcharon. ¡Aj! ¡Mi pobre tobillo!

–¿Se han marchado los guardas, papá?

–Sí. Se han marchado a dormir.

Yo estaba arrodillado en el borde del hoyo. Tenía muchas ganas de bajar y consolarle, pero eso hubiera sido una locura.

–¿Qué hora es? Ilumíname para que pueda ver el reloj –dijo.

Hice lo que me pedía.

–Son las tres menos diez. Tengo que salir de aquí antes del amanecer.

–Papá.

–¿Sí?

–Traje el coche. Vine en el Austin.

–¿Qué? –gritó.

–Quería llegar rápidamente, así que lo saqué del taller y me vine directamente aquí.

Se me quedó mirando. Yo tenía la linterna apuntando a su lado, para no deslumbrarle.

–¿Quieres decir que has conducido hasta aquí en el Austin?

–Sí.

–Estás loco. Estás absolutamente loco.

–No fue difícil.

–Podías haberte matado. Si hubieras chocado con algo en ese cacharrito, habrías quedado hecho picadillo.

–Todo fue bien, papá.

–¿Dónde está ahora?

–Justo fuera del bosque, en el camino.

Él tenía la cara contraída por el dolor y tan blanca como un papel.

–¿Estás bien? –pregunté.

–Sí –dijo–. Estoy bien.

Temblaba de pies a cabeza, aunque la noche era templada.

–Si pudiéramos sacarte de ahí, estoy seguro de que yo podría ayudarte a llegar al coche. Podrías apoyarte en mí y andar a la pata coja.

–Nunca saldré de aquí sin una escalera de mano.

–¿No valdría una cuerda?

–¡Una cuerda! –exclamó–. ¡Sí, claro! ¡Una cuerda serviría! ¡Hay una en el Austin! ¡Debajo del asiento trasero! El señor Pratchett siempre lleva una soga para casos de avería.

–Voy a buscarla –dije–. Espérame, papá.

Lo dejé y volví corriendo por donde había venido, con la luz de la linterna siempre delante de mí. Encontré el coche, levanté el asiento. Allí estaba la soga, enredada con el gato y otras herramientas. La saqué y me la colgué del hombro. Atravesé el seto y volví a entrar en el bosque a todo correr.

–¿Dónde estás, papá? –llamé.

–Por aquí –contestó.

Con su voz guiándome, esta vez no tuve dificultad en encontrarlo.

–Tengo la cuerda –le dije.

–Bien. Ahora ata un extremo al árbol más próximo.

Utilizando la linterna todo el tiempo, até un extremo de la cuerda en torno al árbol más cercano. Hice descender el otro extremo al fondo del hoyo. Mi padre lo cogió con las dos manos y se puso de pie. Se apoyaba sólo en el pie derecho, manteniendo el otro levantado con la rodilla doblada.

–¡Porras! –dijo–. ¡Cómo duele!

–¿Crees que puedes conseguirlo, papá?

–Tengo que conseguirlo. ¿Está bien atada la soga?

–Sí.

Me tumbé boca abajo en el suelo con las manos colgando dentro del hoyo. Quería ayudarle, tirando de él, en cuanto estuviera a mi alcance. Mantuve la linterna sobre él.

–Tengo que trepar sólo con las manos –dijo.

–Puedes hacerlo –le dije.

Vi que sus nudillos se tensaban al sujetar la cuerda. Luego fue subiendo, una mano encima de la otra, y, en cuanto estuvo a mi alcance, lo agarré por un brazo y tiré de él con todas mis fuerzas. Salió por el borde del hoyo deslizándose sobre el pecho y el vientre, él tirando de la cuerda y yo tirando de su brazo. Se quedó echado en el suelo, con la respiración agitada.

–¡Lo has conseguido! –grité.

–Déjame descansar un momento.

Esperé, arrodillado junto a él.

–Vale –dijo–. Ahora la prueba siguiente. Échame una mano, Danny. Tendrás que hacer la mayor parte del trabajo de aquí en adelante.

Le ayudé a mantener el equilibrio al levantarse apoyado en un solo pie.

–¿De qué lado quieres que me ponga? –pregunté.

–A mi derecha –contestó–. De lo contrario, tropezarías continuamente con mi tobillo malo.

Me puse pegado a su costado derecho y él apoyó las dos manos en mis hombros.

–Puedes apoyarte más fuerte, papá.

–Ilumina hacia delante para que veamos por dónde vamos.

Hice lo que me decía. Él dio unos saltitos de prueba sobre la pierna derecha.

–¿Puedes? –le pregunté.

–Sí. Vamos.

Mantuvo el pie izquierdo levantado, se apoyó en mí con las dos manos y empezó a andar a la pata coja. Yo andaba a su lado a pasitos cortos, procurando ir exactamente al ritmo que él quería.

–Cuando quieras descansar, dímelo.

–Ahora –dijo–. Tengo que sentarme.

Nos paramos. Le ayudé a sentarse en el suelo. Su pie izquierdo colgaba del tobillo roto y, cada vez que tocaba el suelo, él saltaba de dolor. Me senté a su lado sobre las hojas secas que cubrían la tierra. El sudor le corría por la cara.

–¿Te duele terriblemente, papá?

–Cuando voy a la pata coja, sí. Cada saltito me repercute en el tobillo.

Estuvo sentado en el suelo, descansando, varios minutos.

–Vamos a intentarlo otra vez –dijo luego.

Le ayudé a levantarse y emprendimos el camino. Esta vez le rodeé la cintura con un brazo para darle más apoyo. Él puso su brazo derecho alrededor de mis hombros y se apoyó con fuerza. Así iba mejor. Pero, caramba, cómo pesaba. A cada brinco se me doblaban las piernas.

Saltito...

Saltito...

Saltito...

–Sigue. Adelante. Podemos hacerlo –dijo él, jadeando.

–Allí está el seto –informé, al tiempo que movía la linterna–. Ya casi estamos allí.

Saltito...

Saltito...

Saltito...

Cuando llegamos al seto, me fallaron las piernas y nos caímos los dos.

–Lo siento –dije.

–Está bien. ¿Puedes ayudarme a cruzar ese seto?

No estoy seguro de cómo logramos los dos atravesar el seto. Él se arrastraba y yo tiraba de él, y poco a poco pasamos al otro lado y nos encontramos en el camino de carros. El cochecito estaba sólo a diez metros.

Nos sentamos en la hierba para recobrar el aliento. Su reloj indicaba que eran casi las cuatro. El sol no saldría hasta dentro de dos horas, así que teníamos mucho tiempo.

–¿Quieres que conduzca yo? –pregunté.

–Tendrás que hacerlo –dijo–. Yo no tengo más que un pie.

Le ayudé a llegar brincando hasta el coche y, después de mucho esfuerzo, consiguió meterse. Tenía la pierna izquierda doblada bajo la derecha, y todo aquello debió de ser una tortura para él. Me senté en el asiento del conductor.

–La soga –dije–. Nos la hemos dejado.

–Olvídala. No importa.

–Puse el motor en marcha y encendí los faros. Marcha atrás di la vuelta y muy pronto estuvimos frente a la cuesta.

–Ve despacio, Danny –dijo mi padre–. Me duele a rabiar en los baches.

Tenía una mano en el volante, para ayudarme a guiar el coche.

Llegamos al final del camino y entramos en la carretera.

–Lo estás haciendo muy bien. Sigue.

Ahora que estábamos en la carretera principal, cambié a segunda.

–Pasa a tercera. ¿Quieres que te ayude?

–Creo que puedo hacerlo yo.

Cambié a tercera.

Con la mano de mi padre en el volante, ya no tenía miedo de rozar el seto ni de nada, así que apreté el acelerador. La aguja del cuentakilómetros subió a sesenta.

Algo grande con faros deslumbrantes venía hacia nosotros.

–Yo cogeré el volante –dijo mi padre–. Suéltalo del todo.

Mantuvo el coche muy pegado al arcén mientras un enorme camión de leche se cruzaba con nosotros a toda velocidad. Ése fue el único vehículo que nos encontramos hasta llegar a casa.

Al acercarnos a la gasolinera mi padre me dijo:

–Tendré que ir al hospital. Hay que arreglarlo bien y escayolarlo.

–¿Cuánto tiempo estarás en el hospital?

–No te preocupes. Volveré a casa por la tarde.

–¿Podrás andar?

–Sí. Colocan en la escayola una cosa de metal que sobresale por debajo del pie. Podré andar apoyándome en eso.

–¿No deberíamos ir al hospital ahora?

–No. Me tumbaré en el suelo del taller y esperaré hasta que sea hora de llamar al doctor Spencer. Él se ocupará de todo.

–Llámalo ahora.

–No. No me gusta llamar a un médico a las cuatro y media de la madrugada. Le llamaremos a las siete.

–¿Qué le vas a decir, papá? Sobre cómo sucedió.

–Le diré la verdad –dijo mi padre–. El doctor Spencer es amigo mío.

Llegamos a la gasolinera y aparqué el coche justo delante de la puerta del taller. Ayudé a mi padre a salir. Luego lo sostuve por la cintura mientras él entraba a la pata coja en el taller.

Una vez dentro, él se apoyó en la mesa de las herramientas para sostenerse y me dijo lo que tenía que hacer.

Primero extendí unas hojas de periódico sobre el suelo grasiento. Luego corrí al carromato y traje dos mantas y una almohada. Puse una manta en el suelo, encima de los periódicos. Ayudé a mi padre a acostarse en la manta. Entonces le coloqué la almohada debajo de la cabeza y le tapé con la segunda manta.

–Pon el teléfono aquí en el suelo para que pueda alcanzarlo.

Hice lo que me pedía.

–¿Puedo darte algo, papá? ¿Una bebida caliente?

–No, gracias –dijo–. No debo tomar nada. Me anestesiarán dentro de poco, y no se puede comer ni beber nada antes de una anestesia. Pero tú sí que debes tomar algo. Ve a prepararte un desayuno y, después, acuéstate.

–Preferiría esperar aquí hasta que venga el médico –dije.

–Debes de estar agotado, Danny.

–Estoy bien.

Busqué una vieja silla de madera, la acerqué a él y me senté.

Él cerró los ojos y pareció adormilarse.

A mí también se me cerraban los ojos. No podía tenerlos abiertos.

–Siento mucho el jaleo que he armado –le oí decir.

Después de eso debí de dormirme, porque lo siguiente que oí fue la voz del doctor Spencer diciéndole a mi padre:

–Pero ¡Dios mío, William!, ¿en qué lío te has metido?

Abrí los ojos y vi al médico inclinado sobre mi padre, que seguía tumbado en el suelo del taller.

El doctor Spencer

Mi padre me dijo una vez que el doctor Spencer llevaba casi cuarenta y cinco años cuidando a la gente de nuestro distrito. Debía de tener ya más de setenta años y hacía mucho tiempo que podía haberse jubilado, pero él no deseaba retirarse y sus pacientes tampoco deseaban que lo hiciera. Era un hombre menudo, con manos y pies diminutos y carita redonda. Su cara estaba tan marrón y arrugada como una manzana seca. Era una especie de duende, pensaba yo cada vez que lo veía, una especie muy antigua de duende, con el pelo blanco alborotado y gafas de montura metálica; un duendecillo activo y listo con ojos vivaces, una sonrisa resplandeciente y un modo de hablar rápido. Nadie le temía. Mucha gente le quería. Y él era particularmente amable con los niños.

–¿Cuál es el tobillo? –preguntó.

–El izquierdo –dijo mi padre.

El doctor Spencer se arrodilló en el suelo y sacó de su maletín unas tijeras grandes. Luego, para asombro mío, cortó la tela de la pernera izquierda hasta la rodilla. Separó la tela y miró el tobillo, pero no lo tocó. Yo lo miré tam-

bién. El pie parecía estar torcido y había una hinchazón tremenda debajo del hueso del tobillo.

–Es una fractura mala –dijo el doctor–. Será mejor que te llevemos al hospital enseguida. ¿Puedo usar tu teléfono?

Llamó al hospital y pidió una ambulancia. Luego habló con otra persona acerca de radiografías y de hacer una operación.

–¿Cómo va el dolor? ¿Quieres que te dé algo?

–No –contestó mi padre–. Esperaré hasta que llegue allí.

–Como tú quieras, William. Pero ¿cómo demonios te hiciste eso? ¿Te caíste en los escalones de ese absurdo carromato?

–No exactamente –dijo mi padre–. No.

El médico esperó a que continuara, y yo también.

–En realidad –empezó a contar mi padre–, estaba merodeando por el bosque de Hazell...

Se detuvo y miró al médico, que seguía arrodillado junto a él.

–¡Ah! Ya entiendo. ¿Y qué tal está aquello ahora? ¿Muchos faisanes?

–Montones.

–Es una caza estupenda –dijo el doctor Spencer, suspirando–. Ojalá fuera lo bastante joven como para volver a intentarlo –me miró y vio que yo tenía los ojos clavados en él–. Tú no sabías que yo también he sido furtivo, ¿verdad, Danny?

–No –dije, totalmente atónito.

–Muchas noches –continuó el médico–, al terminar la consulta, salía por la puerta de atrás y atravesaba los campos hasta llegar a uno de mis lugares secretos. Unas veces eran faisanes y otras eran truchas. En aquellos tiempos había muchas truchas grandes y asalmonadas en el arroyo.

Seguía de rodillas en el suelo al lado de mi padre.

–Trata de no moverte –le dijo–. Quédate quieto.

Mi padre cerró sus cansados ojos y luego volvió a abrirlos.

–¿Qué método utilizaba usted para los faisanes?

–Ginebra y pasas –contestó el doctor Spencer–. Solía poner las pasas a remojo en ginebra durante una semana, luego las desperdigaba por el bosque.

–Eso no sirve –aseguró mi padre.

–Ya lo sé. Pero era muy divertido.

–Un solo faisán tiene que comerse por lo menos dieciséis pasas empapadas en ginebra antes de que se ponga lo bastante borracho como para dejarse atrapar. Mi padre lo demostró con los gallos.

–Te creo –dijo el médico–. Por eso nunca cacé ninguno. Pero yo era fenomenal con las truchas. ¿Sabes cómo pescar una trucha sin utilizar una caña y un anzuelo, Danny?

–No –dije–. ¿Cómo?

–Haciéndole cosquillas.

–¿Cosquillas?

–Sí. Verás, a las truchas les gusta descansar cerca de la orilla del río. Así que vas muy despacito por la orilla hasta que ves una grande..., te acercas por detrás... y te tumbas boca abajo...; entonces, con mucho cuidado, metes la mano en el agua detrás de la trucha..., la deslizas debajo de ella... y empiezas a acariciarle el vientre con la punta de un dedo...

–¿De verdad te deja hacer eso? –pregunté.

–Le encanta –dijo el médico–. Le gusta tanto que se queda como adormilada. Y en cuanto se adormila, la agarras rápidamente y la sacas del agua.

–Eso sí que da resultado –afirmó mi padre–. Pero sólo un gran artista puede hacerlo. Me quito el sombrero ante usted, señor.

–Gracias, William –respondió el doctor Spencer, muy serio.

Se levantó y fue hasta la puerta del taller para ver si venía la ambulancia.

–A propósito –dijo por encima del hombro–, ¿qué sucedió en el bosque? ¿Pisaste una madriguera de conejo?

–Era un agujero algo más grande que eso.

–¿Qué quieres decir?

Mi padre empezó a describir cómo se había caído en el enorme hoyo. El médico se dio la vuelta y miró fijamente a mi padre.

–¡No lo puedo creer! –exclamó.

–Pues es la pura verdad. Pregúntele a Danny.

–Era hondo –dije–. Terriblemente hondo.

–¡Cielo santo! –gritó el médico, dando saltos de furia–. ¡No tiene derecho a hacer eso! ¡Victor Hazell no puede poner trampas de tigre en sus bosques para atrapar a seres humanos! ¡En mi vida he oído nada tan monstruoso y repugnante!

–Es una guarrada –dijo mi padre.

–¡Es peor que eso, William! ¡Es diabólico! ¿Sabes lo que significa? Significa que las personas decentes, como tú y como yo, ni siquiera van a poder salir a divertirse un poco por la noche sin correr el riesgo de partirse una pierna o un brazo. ¡Podríamos incluso partirnos el cuello!

Mi padre asintió.

–Nunca me gustó Victor Hazell –murmuró el doctor–. Lo vi hacer algo asqueroso una vez.

–¿Qué fue? –preguntó mi padre.

–Tenía cita conmigo en la consulta. Necesitaba una inyección de algo, no recuerdo qué. Por casualidad, estaba yo mirando por la ventana cuando él llegó en su apabullante Rolls Royce. Lo vi bajarse y también vi que mi viejo perro, *Bertie*, estaba tumbado en el escalón de la entrada. ¿Y sabes lo que hizo ese detestable Victor Hazell? En lugar de pasar por encima del viejo *Bertie*, le dio una patada con su bota de montar para quitarlo de su camino.

–¡No me diga!

–Pues sí.

–¿Y qué hizo usted?

–Lo dejé sentado en la sala de espera mientras yo escogía la aguja más vieja y despuntada que pude encontrar. Entonces froté la punta con una lima de las uñas para dejarla aún más roma. Cuando acabé, estaba como la punta de un bolígrafo. Luego le hice pasar y le dije que se bajara los pantalones y se inclinara y, cuando clavé la aguja en su carnoso trasero, chilló como un cerdo degollado.

–Bien hecho.

–No ha vuelto nunca más. De lo cual me alegro de veras. ¡Ah!, aquí está la ambulancia.

La ambulancia se acercó a la puerta del taller y dos hombres de uniforme se bajaron de ella.

–Deme una tablilla para pierna –dijo el médico.

Uno de los hombres trajo de la ambulancia una especie de plancha delgada de madera. El médico se arrodilló otra vez junto a mi padre y con mucha suavidad puso la tablilla debajo de su pierna izquierda. Luego la sujetó firmemente con unas correas. Los hombres de la ambulancia trajeron una camilla y la colocaron en el suelo. Mi padre se pasó a ella por sí solo.

Yo continuaba sentado en mi silla. El doctor se acercó y me puso una mano en el hombro.

–Creo que será mejor que vengas a mi casa, jovencito. Puedes quedarte con nosotros hasta que tu padre vuelva del hospital.

–¿No volverá a casa hoy? –pregunté.

–Sí –dijo mi padre–. Volveré esta tarde.

–Preferiría que pasaras la noche allí –dijo el médico.

–Volveré a casa esta tarde. Gracias por ofrecerse a llevarse a Danny, doctor, pero no será necesario. Estará bien aquí hasta que yo vuelva. Creo que se pasará el día durmiendo, ¿verdad, cariño?

–Creo que sí –dije.

–Cierra la gasolinera y vete a la cama, ¿de acuerdo?

–Sí, pero vuelve pronto, papá.

Lo metieron en la ambulancia y cerraron las puertas. Yo me quedé delante del taller con el doctor Spencer y vi cómo el gran automóvil blanco salía de la gasolinera.

–¿Necesitas algo? –me preguntó el doctor.

–Estoy bien, gracias.

–Entonces, vete a la cama, y que duermas bien.

–Sí.

–Llámame si quieres algo.

–Sí.

El maravilloso médico se metió en su coche y se alejó en la misma dirección que la ambulancia.

La gran cacería

Tan pronto como se fue el doctor Spencer, entré en la oficina y busqué el cartel que decía CERRADO DISCULPEN. Lo colgué en uno de los surtidores. Luego me fui directo al carromato. Estaba demasiado cansado para desnudarme. Ni siquiera me quité las viejas y sucias playeras. Simplemente me desplomé en la litera y me dormí. Eran las ocho y cinco de la mañana.

Más de diez horas después, a las seis y media, me despertaron los hombres de la ambulancia, que traían a mi padre del hospital. Lo metieron en el carromato y lo pusieron en la litera inferior.

–¡Hola!, papá –dije.

–¡Hola!, Danny.

–¿Cómo te encuentras?

–Un poco atontado –dijo, y se durmió al instante.

Justo cuando se habían marchado los hombres de la ambulancia, llegó el doctor Spencer y entró en el carromato para ver al paciente.

–Dormirá hasta mañana. Cuando se despierte se encontrará bien.

Lo acompañé hasta el coche.

–Me alegro mucho de que ya esté en casa –dije.

El médico abrió la puerta del coche, pero no entró. Me miró severamente y me preguntó:

–¿Cuándo has comido por última vez, Danny?

–¿Comer? –dije–. ¡Ah!, bueno... tomé... esto...

De pronto me di cuenta de que hacía mucho tiempo. No había tomado nada desde que cené con mi padre el día anterior. Hacía veinticuatro horas.

El doctor Spencer buscó algo en el coche y sacó un paquete enorme y redondo envuelto en papel.

–Mi mujer me pidió que te diera esto. Creo que te gustará. Es una cocinera estupenda.

Me puso el paquete en las manos, se metió en el coche y se alejó rápidamente.

Me quedé allí parado, mientras apretaba aquella cosa grande y redonda entre las manos. Vi el coche bajar por la carretera y desaparecer detrás de la curva, y seguí allí, mirando la carretera vacía.

Después de un rato, di media vuelta y subí los escalones del carromato y entré con mi preciado paquete. Lo puse en el centro de la mesa, pero no lo desenvolví.

Mi padre estaba en la litera, profundamente dormido. Llevaba un pijama de hospital a rayas marrones y azules. Me acerqué y lo destapé suavemente para ver lo que le habían hecho. Una escayola dura y blanca cubría la parte inferior de la pierna y todo el pie, menos los dedos. Había una cosa de hierro que sobresalía por la planta del pie, probablemente para que se apoyara en eso al andar. Lo tapé y volví a la mesa.

Con mucho cuidado, empecé a quitar el papel que envolvía el regalo del doctor Spencer y, cuando terminé, vi la más enorme y hermosa empanada del mundo. Estaba cubierta por todas partes, por arriba, por abajo y por los lados, con una estupenda masa dorada.

Agarré un cuchillo que había al lado de la pila y corté un pedazo. Me puse a comerlo con los dedos, de pie. Era una empanada de carne. La carne era rosada y tierna, sin nada de grasa ni de ternillas, y había huevos duros, enterrados como tesoros, en varios sitios.

El sabor era absolutamente fabuloso. Cuando terminé el primer pedazo, corté otro y me lo comí también. «Bendito sea el doctor Spencer», pensé. «Y bendita sea también la señora Spencer».

A la mañana siguiente, lunes, mi padre se levantó a las seis de la mañana.

–Me siento fenomenal.

Empezó a moverse por el carromato, cojeando, para poner a prueba su pierna.

–¡Casi no me duele! –gritó–. ¡Puedo acompañarte al colegio!

–No –dije–. No.

–Nunca he dejado de acompañarte, Danny.

–Son tres kilómetros de ida y tres de vuelta. No vengas, papá, por favor.

Así que ese día fui solo al colegio. Pero al día siguiente se empeñó en venir conmigo. No pude evitarlo. Se puso un calcetín de lana en el pie escayolado para abrigarse los dedos. Había hecho un agujero en la planta del calcetín para que el hierro saliera por ahí. Andaba con la pierna un poco rígida, pero se movía con la misma agilidad de siempre. A cada paso que daba por la carretera, el hierro hacía un ruido metálico.

Y de ese modo, la vida en la gasolinera volvió casi a la normalidad. Y digo casi porque, desde luego, las cosas no eran enteramente igual que antes. La diferencia estaba en mi padre. Se había producido un cambio en él. No era un gran cambio, pero era lo suficiente como para convencerme de que algo le preocupaba mucho. Se quedaba pensativo, y había largos silencios entre nosotros, en especial a la hora de cenar. De vez en cuando lo veía quedarse parado, muy quieto, delante de la gasolinera, mientras miraba fijamente hacia el bosque de Hazell.

Muchas veces deseé preguntarle qué era lo que le preocupaba y, si lo hubiera hecho, estoy seguro de que me hubiese contestado inmediatamente. En cualquier caso, yo sabía que, antes o después, me enteraría de lo que pasaba.

No tuve que esperar mucho.

Unos diez días después de su regreso del hospital, estábamos los dos sentados en la plataforma del carromato viendo ponerse el sol por detrás de los grandes árboles en la cima de la colina, al otro lado del valle. Ya habíamos cenado, pero todavía no era hora de que yo me fuese a la cama. La tarde de septiembre era templada, hermosa y tranquila.

–¿Sabes qué es lo que me pone furioso? –me dijo de repente–. Me levanto por las mañanas encontrándome bien. Luego, todos los días, a eso de las nueve, ese inmenso Rolls Royce plateado pasa como un rayo por delante de la gasolinera y veo la cara hinchada de Victor Hazell detrás del volante. Siempre la veo. No puedo remediarlo. Y al pasar, siempre vuelve la cabeza en mi dirección y me mira. Pero es el modo en que me mira lo que me pone tan furioso. Hay un mohín de desprecio y una sonrisita burlona en su rostro y, aunque sólo lo veo tres segundos, me pone frenético. Más aún, me deja frenético para el resto del día.

–No me extraña.

Hubo un silencio. Esperé a ver qué venía a continuación.

–Te diré una cosa interesante –dijo al fin–. La temporada de caza del faisán empieza el sábado. ¿Lo sabías?

–No, papá, no lo sabía.

–Siempre empieza el primero de octubre. Y todos los años el señor Hazell celebra la ocasión organizando una gran cacería de inauguración de la temporada.

Me pregunté qué tendría esto que ver con que mi padre estuviera frenético, pero estaba seguro de que existiría alguna relación.

–Esa cacería del señor Hazell es un acontecimiento muy importante, Danny.

–¿Viene mucha gente? –pregunté.

–Cientos de personas. Vienen de muchos kilómetros a la redonda. Duques y marqueses, barones y condes, ricos hombres de negocios y toda la gente de categoría de la región. Vienen con sus escopetas y sus perros y sus esposas, y durante todo el día el ruido de los disparos retumba en el valle. Pero no vienen porque les caiga bien el señor Hazell. Todos lo desprecian secretamente. Piensan que es un mal bicho.

–Entonces, ¿por qué vienen, papá?

–Porque es la mejor cacería de faisanes de todo el sur de Inglaterra, por eso vienen. Pero para el señor Hazell es el día más importante del año y está dispuesto a pagar casi cualquier precio para que sea un éxito. Se gasta una fortuna en esos faisanes. Cada verano compra cientos de faisanes jóvenes y los pone en su bosque, donde los guardas los protegen y los engordan, preparándolos para el gran día. ¿Sabes, Danny? El coste de la cría y el mantenimiento de un solo faisán hasta el momento en que está listo para que lo cacen ¡es igual al precio de cien barras de pan!

–No puede ser.

–Te lo juro –dijo mi padre–. Pero al señor Hazell le compensa cada céntimo que se gasta. ¿Y sabes por qué? Le hace sentirse importante. Durante un día al año se convierte en un pez gordo y hasta el duque de Tal y Cual le da palmaditas en la espalda y trata de recordar su nombre de pila al despedirse.

Mi padre se puso a rascar la dura escayola justo debajo de la rodilla.

–Me pica –dijo–. Me pica la piel debajo de la escayola. Así que me rasco la escayola y me figuro que me rasco la piel.

–¿Eso te ayuda?

–No. No sirve de nada. Pero escucha, Danny...

–¿Sí, papá?

–Quiero decirte algo.

Se rascó otra vez la escayola. Yo esperé a que continuara.

–Quiero contarte algo que me encantaría hacer ahora mismo.

«Ahora viene», pensé. «Ahora viene algo gordo y disparatado». Sabía que venía algo gordo y disparatado simplemente con mirarle la cara.

–Es un secreto mortal, Danny.

Se detuvo y miró a su alrededor. Y aunque probablemente no había un alma en tres kilómetros, se inclinó hacia mí y bajó mucho la voz.

—Me gustaría —susurró— encontrar la forma de hacer desaparecer los faisanes del bosque de Hazell de modo que no quedase ninguno para la gran cacería del primero de octubre.

—¡Papá! —exclamé—. ¡No!

—Pss —dijo—. Escucha. Si pudiera encontrar un medio de atrapar doscientos faisanes de una vez, ¡la cacería de Hazell sería el fracaso más grande de la historia!

—¡Doscientos! ¡Eso es imposible!

—Imagínate, Danny —siguió él—. ¡Qué triunfo, qué gloriosa victoria! Todos los duques y los marqueses y los hombres famosos llegarían en sus grandes coches... y el señor Hazell los recibiría más ufano que un pavo real y los saludaría diciendo frases como «Hay montones de faisanes esperándolo en el bosque, señor conde de Patatín», y «¡Ah!, mi querido marqués de Nosécuantos, tenemos una magnífica temporada de faisanes, realmente magnífica»..., y lue-

go saldrían todos con sus escopetas bajo el brazo... y ocuparían sus puestos de caza en torno al famoso bosque... y dentro del bosque un pelotón de ojeadores pagados empezaría a dar gritos y a varear la maleza para que los faisanes salieran del bosque en dirección a las escopetas que los esperaban.... y mira tú qué pena... ¡no habría ni un solo faisán en ninguna parte! ¡Y la cara del señor Hazell se pondría más roja que una remolacha cocida! ¿No sería algo verdaderamente fantástico y maravilloso, si pudiéramos lograrlo, Danny?

Mi padre estaba tan nervioso que se levantó, bajó cojeando los escalones del carromato y se puso a pasear arriba y abajo delante de mí.

–¿No sería fenomenal? –gritó–. Di, ¿no lo sería?

–Sí –contesté.

–Pero ¿cómo?–chilló–. ¿Cómo podríamos hacerlo?

–De ninguna manera, papá. Ya es bastante difícil atrapar dos faisanes en ese bosque, no digamos doscientos.

–Ya lo sé –dijo mi padre–. Son los guardas los que lo hacen tan difícil.

–¿Cuántos hay?

–¿Guardas? Tres, y están siempre dando vueltas.

–¿Y están toda la noche vigilando?

–No, toda la noche no –contestó mi padre–. Se marchan a casa en cuanto los faisanes se suben a los árboles para dormir. Pero nadie ha descubierto nunca la manera de agarrar un faisán que está durmiendo en las ramas, ni siquiera mi padre, que era el mejor experto del mundo. Bueno, ya es hora de que te vayas a la cama. Acuéstate y ahora iré yo a contarte un cuento.

La bella durmiente

Cinco minutos después, yo estaba metido en la cama. Entró mi padre y encendió la lámpara del techo. Ya oscurecía más temprano.

–Bueno. ¿Qué tipo de cuento te apetece esta noche?

–Papá. Espera un momento.

–¿Qué hay?

–¿Puedo preguntarte una cosa? Tengo una idea.

–Adelante.

–¿Te acuerdas de las píldoras para dormir que te dio el doctor Spencer cuando volviste del hospital?

–Sí. No las tomé. No me gustan esas cosas.

–Sí, pero ¿no le harían efecto a un faisán?

Mi padre negó con la cabeza, apenado.

–Espera –dije.

–Es inútil, Danny. Ningún faisán se va a tragar esas horrorosas cápsulas rojas. Eso ya lo sabes tú.

–Te olvidas de las pasas, papá.

–¿Las pasas? ¿Qué tienen que ver?

–Escucha –dije–. Por favor, escúchame. Cogemos una pasa. La dejamos en remojo hasta que se hinche. Entonces le hacemos una rajita muy chica con una hoja de afeitar. Luego la vaciamos un poquito. Entonces abrimos una de tus cápsulas rojas y echamos el polvo dentro de la pasa. Con una aguja e hilo y con muchísimo cuidado cosemos la rajita...

Por el rabillo del ojo vi que mi padre abría lentamente la boca.

–Tendríamos una pasa repleta de polvos somníferos, y seguro que eso duerme a un faisán. ¿No crees?

Mi padre me miraba con tal expresión de asombro que parecía que estaba viendo visiones.

—¡Oh, qué hijo tan maravilloso! —dijo bajito—. ¡Oh, madre mía de mi vida! Creo que has dado con ello. Sí. ¡Sí, sí!

De pronto estaba tan ahogado por la emoción que durante unos segundos no pudo decir nada. Vino y se sentó en el borde de mi litera y se quedó allí, afirmando lentamente con la cabeza.

—¿De verdad crees que dará resultado?

—Sí —dijo en voz baja—. Ya lo creo que sí. Con este método podríamos preparar doscientas pasas y no tendríamos que hacer otra cosa que desperdigarlas al anochecer por los terrenos donde comen los faisanes, y luego marcharnos. Media hora después, cuando sea de noche y los guardas se hayan ido a casa, volveríamos al bosque... y los faisanes estarían ya en los árboles... y las píldoras empezarían a hacer efecto... y los faisanes se sentirían mareados... se tambalearían, esforzándose por mantener el equilibrio... y poco después cada faisán que hubiera tomado una sola pasa caería al suelo, inconsciente. ¡Caerían de los árboles como manzanas maduras! ¡Y lo único que tendríamos que hacer sería ir recogiéndolos!

—¿Puedo ir contigo, papá?

—Y nunca nos pillarían —siguió mi padre, sin escucharme—. Pasearíamos por el bosque dejando caer pasas aquí y allí y, aunque nos observaran, no notarían nada.

—Papá —repetí levantando la voz—, ¿me dejarás ir contigo?

—Danny, vida mía —dijo, al tiempo que ponía una mano en mi rodilla y me miraba con unos ojos grandes y brillantes como dos estrellas—, si esto da resultado, será una revolución.

—Sí, papá, pero ¿puedo ir contigo?

–¿Venir conmigo? –dijo, saliendo al fin de su ensoñación–. ¡Pues claro que puedes venir conmigo! ¡Ha sido idea tuya! ¡Tienes que estar allí para ver lo que pasa! ¡Vamos allá! –gritó, levantándose de un salto–. ¿Dónde están esas cápsulas?

El pequeño frasco de cápsulas rojas estaba junto al fregadero desde que mi padre volvió del hospital. Lo destapó y echó las cápsulas sobre mi cama.

–Vamos a contarlas.

Las contamos. Había exactamente cincuenta.

–No hay suficientes. Necesitamos por lo menos doscientas. ¡No! ¡Espera un momento! ¡No hay problema! –exclamó de pronto y empezó a volver a meter las cápsulas en el frasco. Lo único que tenemos que hacer es dividir el polvo de una cápsula entre cuatro pasas. En otras palabras, darles un cuarto de la dosis. De ese modo tendremos bastante para rellenar doscientas pasas.

–Pero ¿un cuarto de una cápsula será lo bastante fuerte para dejar inconsciente a un faisán?

–Desde luego que sí. Calcúlalo tú mismo. ¿Cuántas veces más pequeño es un faisán que un hombre?

–Muchas veces.

–Ahí lo tienes. Si una cápsula es suficiente para dormir a un hombre hecho y derecho, sólo se necesita una pequeña proporción para dormir a un faisán. ¡La cantidad que les vamos a dar les dejará fuera de combate! ¡Caerán redondos!

–Pero, papá, con doscientas pasas no vas a conseguir doscientos faisanes.

–¿Por qué no?

–Porque los más voraces se comerán por lo menos diez pasas cada uno.

–Tienes razón. Es lógico. Pero, no sé por qué, creo que no sucederá eso. No, si tengo cuidado de esparcirlas por una zona bien amplia. No te preocupes, Danny. Estoy seguro de que sabré hacerlo.

–¿Me prometes que me llevarás contigo?

–Sin duda. Y a este método le llamaremos *La bella durmiente*. ¡Será un hito en la historia de la caza furtiva!

Me quedé sentado en mi litera, muy quieto, viendo cómo mi padre metía las cápsulas en el frasco una a una. Casi no podía creer lo que estaba ocurriendo, creer que íbamos a hacerlo de verdad, que él y yo solos íbamos a intentar llevarnos prácticamente todos los preciados faisanes del señor Hazell. Sólo de pensarlo me daban escalofríos.

–¿A que es emocionante? –dijo mi padre.

—No me atrevo a pensarlo, papá. Me dan escalofríos.

—A mí también. Pero debemos mantener la calma de ahora en adelante. Debemos hacer nuestros planes con muchísimo cuidado. Hoy es miércoles. La cacería es el sábado.

—¡Porras! ¡Eso es dentro de tres días! ¿Cuándo tenemos que ir al bosque a hacer el trabajo?

—La noche anterior —dijo mi padre—. El viernes. De ese modo no descubrirán que todos los faisanes han desaparecido hasta que sea demasiado tarde, cuando la cacería haya empezado.

—¡El viernes es pasado mañana! ¡Dios mío, papá, vamos a tener que darnos mucha prisa si queremos tener doscientas pasas preparadas para entonces!

Mi padre se puso de pie y comenzó a pasear arriba y abajo.

—Éste es el plan de acción. Escucha atentamente. Mañana es jueves. Cuando te lleve al colegio entraré en el almacén de Cooper y compraré dos paquetes de pasas sin pepitas. Y por la tarde las pondremos en remojo.

—Pero eso sólo nos deja el viernes para preparar doscientas pasas —dije—. Hay que abrirlas una por una, rellenarlas con el polvo y coserlas, y yo estaré en el colegio todo el día...

—No. El viernes tendrás un catarro terrible y no me quedará más remedio que no mandarte al colegio.

—¡Hurra!

—El viernes no abriremos la gasolinera —continuó él—. Nos encerraremos los dos aquí y prepararemos las pasas. Entre los dos lo haremos fácilmente en un día. Y por la tarde, nos vamos carretera adelante y al bosque. ¿Está todo claro?

Era como un general comunicando el plan de batalla a sus oficiales.

–Todo claro –contesté.

–Y, Danny, ni una palabra de esto a ninguno de tus amigos del colegio.

–¡Papá, sabes que no lo haría!

Me dio las buenas noches con un beso y bajó la mecha de la lámpara, pero yo tardé muchísimo en dormirme.

Jueves en el colegio

Al día siguiente, jueves, antes de salir hacia el colegio, fui a la parte de atrás del carromato y cogí dos manzanas de nuestro árbol, una para mi padre y otra para mí.

Es maravilloso poder salir y coger tus propias manzanas siempre que te apetezca. Sólo puedes hacerlo en otoño, naturalmente, cuando la fruta está madura, pero, de todas formas, ¿cuántas familias tienen esa suerte? Yo diría que ni siquiera una en un millón. Nuestras manzanas se llamaban camuesas anaranjadas, y el nombre me gustaba casi tanto como las manzanas.

A las ocho, echamos a andar por la carretera, camino de mi colegio, bajo el pálido sol otoñal, mordiendo nuestras manzanas mientras caminábamos.

A cada paso que mi padre daba, el hierro de su pie sonaba *clinc* sobre el duro asfalto. *Clinc... clinc... clinc...*

–¿Has traído dinero para las pasas? –pregunté.

Se metió la mano en el bolsillo e hizo sonar las monedas.

–¿Estará Cooper abierto tan temprano?

–Sí. Abre a las ocho y media.

Me encantaban aquellos paseos matutinos camino del colegio en compañía de mi padre. Hablábamos casi todo el rato. Principalmente, era él quien hablaba y yo le escuchaba, y casi todo lo que decía era fascinante. Era un auténtico hombre de campo. Los prados, los arroyos, los bosques y todas las criaturas que vivían en esos lugares formaban parte de su vida. Aunque era mecánico de profesión, y muy bueno, creo que hubiera podido ser un gran naturalista si hubiese recibido la educación adecuada.

Me había enseñado, hacía mucho tiempo, el nombre de todos los árboles, de las flores silvestres y de las diferentes hierbas que crecen en los campos. También conocía yo todos los nombres de los pájaros y podía reconocerlos, no sólo al verlos, sino al oír sus llamadas y sus cantos.

En primavera buscábamos nidos de pájaros a lo largo del camino y, cuando encontrábamos uno, mi padre me subía a sus hombros para que pudiera mirar dentro del nido y ver los huevos. Pero nunca me permitió tocarlos.

Mi padre me dijo que un nido con huevos era una de las cosas más hermosas de la tierra. Yo estaba de acuerdo. Por ejemplo, el nido de un zorzal, con el interior forrado de barro seco y tan liso como madera pulida, con cinco huevos de un azul purísimo salpicado de manchas negras. Y la alondra, cuyo nido encontramos una vez en mitad de un campo, en una mata de hierba. Apenas era un nido, simplemente un pequeño hueco entre la hierba, y en él había seis huevecitos, marrón oscuro y blanco.

—¿Por qué la alondra hace su nido en el suelo, donde las vacas pueden pisarlo? —pregunté.

–Nadie lo sabe. Pero siempre lo hacen. También los ruiseñores anidan en el suelo. Y los faisanes, y las perdices.

En uno de nuestros paseos, una comadreja salió de un seto y pasó como una centella por delante de nosotros y, en los minutos siguientes, aprendí un montón de cosas sobre ese maravilloso animalito. Lo que más me gustó fue cuando mi padre dijo:

–La comadreja es el más valiente de los animales. La hembra lucha hasta la muerte por defender sus crías. Nunca huye, ni siquiera ante un zorro, que es cien veces mayor

que ella. Permanece delante del nido y se enfrenta al zorro hasta que la mata.

–Escucha al saltamontes –dije yo en otra ocasión.

–No, eso no es un saltamontes. Es un grillo.

¿Sabías que los grillos tienen los oídos en las patas?

–Eso no es cierto.

–Es absolutamente cierto. Y los saltamontes tienen los oídos a los lados del vientre. Ambos son afortunados de poder oír, porque casi toda la inmensa variedad de insectos que hay en la tierra son sordos, además de mudos, y viven en un mundo de silencio.

Ese jueves, en ese paseo al colegio, había una rana croando en el arroyo, detrás del seto, cuando pasamos.

–¿La oyes, Danny?

–Sí.

–Es una rana macho llamando a la hembra. Lo hace hinchando la papada y luego soltando el aire.

–¿Qué es una papada? –pregunté.

–Es la piel que sobresale en la garganta. Puede hincharla como si fuera un globito.

–¿Qué pasa cuando la hembra lo oye?

–Va hacia el macho dando brincos. Está contenta de que la llame. Pero te diré algo gracioso respecto al macho. A veces está tan complacido con el sonido de su propia voz que la hembra tiene que empujarlo varias veces antes de que él deje de croar y la abrace.

Eso me hizo reír.

–No te rías demasiado –dijo, guiñándome un ojo–. En eso, los hombres no somos tan diferentes de la rana macho.

Nos separamos en la puerta del colegio y mi padre se fue a comprar las pasas. Muchos otros niños entraban corriendo y se dirigían a la puerta principal del edificio. Me uní a ellos, pero en silencio. Era el guardián de un profundo secreto y una palabra dicha por descuido podría estropear la más importante expedición de furtivos que el mundo conocería.

El nuestro era un colegio pequeño de pueblo, un edificio de ladrillo rojo, chato y feo, de una sola planta. Sobre la puerta principal había un bloque de piedra gris, pegado con cemento a los ladrillos, en el cual ponía:

ESTA ESCUELA FUE CONSTRUIDA EN 1902
PARA CONMEMORAR LA CORONACIÓN
DE SU ALTEZA REAL, EL REY EDUARDO VII.

Debo de haber leído esa frase mil veces. Cada vez que pasaba por la puerta me saltaba a la vista. Supongo que para eso estaba allí. Pero es bastante aburrido leer las mismas palabras una y otra vez y, a menudo, pensaba lo agradable que sería que pusiera algo diferente todos los días, algo realmente interesante. Mi padre lo hubiera hecho estupendamente. Hubiese podido escribirlo con tiza sobre la piedra lisa y cada mañana sería algo nuevo. Él pondría cosas tales como: «¿Sabías que la mariposilla amarilla del trébol muchas veces vuela llevando a la hembra sobre su espalda?». Otro día diría: «El Guppy tiene extrañas costumbres. Cuando se enamora de una Guppy, la muerde en el trasero». Y otro día: «¿Sabías que la mariposa de la muerte puede emitir sonidos?». O bien: «Las aves casi no tienen olfato. Pero tienen buena vista y les encanta el color rojo. Les gustan las flores rojas y las amarillas, pero no las azules». Y otra vez agarraría su tiza y escribiría: «Algunas abejas tienen lenguas que pueden alcanzar hasta una longitud doble que la de la propia abeja. Esto les permite libar el néctar de las flores, que tienen una abertura larga y estrecha». O escribiría: «Seguro que no sabías que en algunas mansiones inglesas el mayordomo aún tiene que planchar el periódico antes de colocarlo en la bandeja del desayuno de su amo».

En nuestra escuela había sesenta alumnos, entre chicos y chicas, y sus edades iban de cinco a once años. Teníamos cuatro aulas y cuatro profesores.

La señorita Birdseye daba clase a los más pequeños, los de cinco y seis años, y era una persona encantadora. Guardaba una bolsa de bolas de anís en el cajón de su mesa y a los niños que estudiaban mucho les daba una bola para que la chuparan allí mismo, durante la clase. Si le das vueltas en la boca, se va disolviendo lentamente y, al final, justo en el centro, te encuentras una pequeñísima semilla marrón. Es el anís y, cuando lo muerdes, tiene un sabor fabuloso. Mi padre me contó que a los perros les vuelve locos. Cuando no hay zorros en las proximidades, el cazador arrastra una bolsa de granos de anís por el campo, durante muchos kilómetros, y los sabuesos siguen el rastro porque les encanta el olor. Esto se llama la caza de arrastre.

A los alumnos de siete y ocho años les enseñaba el señor Corrado, que también era una buena persona. Era un profesor muy viejo, probablemente tenía sesenta años o más, pero eso no le impedía estar enamorado de la señorita Birdseye. Sabíamos que estaba enamorado de ella porque, cuando le tocaba a él servir la comida, siempre le daba los mejores trozos de carne. Y cuando ella le sonreía, él le devolvía una sonrisa de lo más derretido que te puedas imaginar, enseñando todos los dientes de delante, los de arriba y los de abajo, y la mayor parte de los otros.

Un profesor que se llamaba el capitán Lancaster se encargaba de los niños de nueve y diez años, entre los cuales estaba yo ese curso. El capitán Lancaster, a veces llamado «el flaco», era un hombre odioso. Tenía el pelo de un encendido color zanahoria, un bigotito recortado azanahoriado y un genio de todos los demonios. De las ventanillas de la nariz y de las orejas le salían pelos color zanahoria. Había sido capitán del ejército durante la guerra contra

Hitler y por eso se hacía llamar capitán Lancaster, en lugar de simplemente señor. Mi padre decía que eso era una idiotez. Aún vivían millones de personas, dijo, que habían combatido en esa guerra, pero la mayoría deseaba olvidar todo aquel espantoso asunto, especialmente los pomposos títulos militares. El capitán Lancaster era un hombre violento y nos tenía a todos aterrados. Se sentaba en su mesa acariciándose el bigote y nos vigilaba con sus desvaídos ojos azules, buscando gresca. Mientras tanto, lanzaba unos extraños resoplidos gangosos por la nariz, como un perro olfateando en torno a una madriguera.

El señor Snoddy, el director, daba clase a los mayores, a los de once años, y le caía bien a todo el mundo. Era bajo y rechoncho y tenía una enorme nariz escarlata. Yo le compadecía por tener esa nariz. Era tan grande e inflamada que parecía que iba a reventar de un momento a otro.

Una costumbre curiosa que tenía el señor Snoddy era que siempre se llevaba un vaso de agua al aula y se pasaba la clase bebiendo sorbitos. Bueno, todo el mundo creía que era agua. Es decir, todos menos mi mejor amigo, Sidney Morgan, y yo. Nosotros sabíamos la verdad, y os contaré cómo la descubrimos. Mi padre le arreglaba el coche al señor Snoddy y yo siempre le llevaba al colegio sus facturas por reparaciones, para ahorrar el franqueo. Un día, durante el recreo, fui al despacho del dire ctor para entregarle una factura y Sidney Morgan vino conmigo. No vino por ningún motivo especial. Simplemente dio la casualidad de que estábamos juntos en ese momento. Al entrar, vimos al señor Snoddy de pie junto a su mesa llenando su famoso vaso de agua con una botella en cuya etiqueta ponía Ginebra Gordon's. Pegó un brinco al vernos.

–Deberíais haber llamado antes de entrar –dijo, al tiempo que escondía la botella detrás de una pila de libros.

–Lo siento, señor –dije–. Le he traído una factura.

–¡Ah!, sí. Muy bien. ¿Y tú qué quieres, Sidney?

–Nada, señor –dijo Sidney–. Nada.

–Entonces, marchaos ya –dijo el señor Snoddy, mientras mantenía la mano en la botella tapada por los libros–. Largaos.

En el pasillo hicimos un pacto de no contarle a ninguno de nuestros compañeros lo que habíamos visto.

El señor Snoddy siempre había sido bueno con nosotros y queríamos agradecérselo guardando su oscuro y profundo secreto.

La única persona a quien se lo conté fue a mi padre y, cuando se enteró, comentó:

–No se lo reprocho en absoluto. Si yo tuviera la desgracia de estar casado con su mujer, bebería algo un poco más fuerte que la ginebra.

–¿Qué beberías, papá?

–Veneno. Es una mujer horrorosa.

–¿Por qué es horrorosa? –pregunté.

–Es una especie de bruja. Y para demostrarlo, tiene siete dedos en cada pie.

–¿Cómo lo sabes?

–Me lo dijo el doctor Spencer.

Luego, para cambiar de tema, me preguntó:

–¿Por qué no invitas nunca a Sidney Morgan a venir a jugar aquí?

Desde que empecé a ir al colegio, mi padre había intentado animarme a traer amigos a merendar o cenar en la gasolinera. Y todos los años, una semana antes del día de mi cumpleaños, me decía:

–Vamos a dar una fiesta esta vez, Danny. Podemos escribir las invitaciones, y yo iré al pueblo y compraré pasteles de chocolate y rosquillas y una enorme tarta de cumpleaños con velitas.

Pero yo siempre decía que no a esas sugerencias y nunca invitaba a otros niños a mi casa después del colegio o los fines de semana. Y no era porque no tuviera buenos amigos. Tenía muchos. Algunos eran estupendos, en especial Sidney Morgan. Quizá si hubiera vivido en la misma calle que alguno de ellos, en lugar de vivir en el campo, hubiera sido distinto. Pero quizá no. Porque, ¿sabes?, la verdadera razón por la que no quería traer a nadie a jugar conmigo era que lo pasaba fenomenal solo con mi padre.

A propósito, ese jueves por la mañana, después de que mi padre me dejara en el colegio y se fuera a comprar las pasas, me sucedió una cosa terrible. Estábamos en la primera clase del día y el capitán Lancaster nos había puesto un montón de multiplicaciones, que teníamos que hacer en el cuaderno. Yo estaba sentado al lado de Sidney Morgan en la última fila, y los dos estábamos trabajando como locos. El capitán Lancaster estaba en su mesa, mirándonos a todos con sus desvaídos ojos azules, lleno de sospechas. Hasta desde la última fila se le oía gruñir y resoplar como un perro delante de una madriguera.

Sidney Morgan se tapó la boca con la mano y me preguntó en un susurro:

–¿Cuánto es nueve por ocho?

–Setenta y dos –murmuré.

El dedo del capitán Lancaster se disparó como una bala y me apuntó a la cara.

–¡Tú! –gritó–. ¡Levántate!

–¿Yo, señor?

–Sí, tú, pequeño idiota.

Me puse de pie.

–¡Estabas hablando! –ladró–. ¿Qué decías? –me gritaba como si yo fuera un batallón de soldados–. ¡Venga, chico! ¡Suéltalo!

Permanecí inmóvil, sin decir nada.

–¿Te niegas a contestarme? –gritó.

–Por favor, señor –dijo Sidney–. Ha sido culpa mía. Le he hecho una pregunta.

–Conque sí, ¿eh? ¡Levántate!

Sidney se puso de pie junto a mí.

–¿Y qué le has preguntado exactamente? –dijo el capitán Lancaster, hablando más bajo y mucho más amenazadoramente.

–Le he preguntado cuánto es nueve por ocho –dijo Sidney.

–Y supongo que tú le has contestado –dijo el capitán Lancaster, señalándome otra vez–. ¿Le has contestado o no? ¡Habla, chico!

Nunca nos llamaba por nuestros nombres. Siempre decía «tú» o «chica» o «chico» o algo así.

–Sí, señor –dije.

–¡O sea que estabais haciendo trampas! ¡Los dos hacíais trampas!

Nos callamos.

–¡Hacer trampas es una repugnante costumbre propia de golfos y bellacos!

Desde donde yo estaba veía a toda la clase completamente rígida, observando al profesor. Nadie se atrevía a moverse.

–Puede que en vuestras casas os permitan mentir y hacer trampas –continuó–, ¡pero aquí no lo consentiré!

En ese momento se apoderó de mí una especie de furia ciega y le grité:

–¡Yo no soy un tramposo!

Hubo un temeroso silencio en la clase. El capitán Lancaster levantó la barbilla y clavó sus ojos acuosos en mí.

–No sólo eres un tramposo, sino un insolente –dijo en voz baja–. Eres un chico muy insolente. Ven aquí. Venid aquí los dos.

Cuando me aparté de mi pupitre y eché a andar hacia él, sabía exactamente lo que me iba a suceder. Le había visto hacérselo a otros muchas veces, tanto a niños como a niñas. Pero, hasta ahora, nunca me había ocurrido a mí. Cada vez que lo había visto me había sentido enfermo.

El capitán Lancaster se puso de pie y se acercó a una librería alta que había en la pared de la izquierda. Del estante más alto de la librería bajó la temida caña. Era blanca, tan blanca como el hueso, muy larga y muy delgada, con un extremo curvado, como un bastón.

–Tú primero –me dijo, señalándome con la caña–. Extiende la mano izquierda.

Me resultaba casi imposible creer que aquel hombre estaba a punto de hacerme daño a sangre fría. Cuando levanté la mano con la palma hacia arriba y la sostuve en el aire, miré mi palma, la piel rosada y las líneas que corrían por ella, y no era capaz de imaginar que fuera a sucederle nada.

La larga caña blanca se alzó en el aire y descendió sobre mi mano con un sonido como el de un rifle al dispararse. Primero oí el golpe y unos dos segundos después sentí el dolor. Nunca en toda mi vida había experimentado un dolor semejante. Era como si alguien estuviese apretando un hierro al rojo vivo sobre mi palma. Recuerdo que me agarré la mano dolorida con la otra y la metí entre las piernas y apreté los muslos. La estrujé lo más fuerte que pude, como si tratara de evitar que la mano se hiciera pedazos. Conseguí no llorar a gritos, pero no pude impedir que las lágrimas me corrieran por las mejillas.

Desde algún lugar cercano oí un terrible sonido restallante y supe que el pobre Sidney acababa de recibir el mismo castigo.

¡Oh, qué dolor tan desgarrador y ardiente traspasaba mi mano! ¿Por qué no se me pasaba? Miré a Sidney. Estaba haciendo lo mismo que yo, estrujando su mano entre las piernas y poniendo la misma cara de tremendo dolor.

–¡Id a vuestros puestos los dos! –ordenó el capitán Lancaster.

Fuimos tambaleándonos hasta nuestros pupitres y nos sentamos.

–¡Ahora seguid con vuestro trabajo! –dijo la temible voz–. ¡Y que no haya más trampas! ¡Ni más insolencia!

La clase inclinó la cabeza sobre los libros como si estuviera rezando en la iglesia.

Me miré la mano. Había una larga y fea marca, de unos dos centímetros de ancho, que cruzaba la palma por el punto donde se une con los dedos. Estaba hinchada en el centro; la parte inflamada estaba blanquísima y a los lados muy colorada. Moví los dedos. Los podía mover bien, pero me dolía al hacerlo. Miré a Sidney. Él me lanzó una rápida mirada de disculpa con los párpados bajos, luego continuó con sus multiplicaciones.

Cuando volví a casa esa tarde mi padre estaba en el taller.

–He comprado las pasas –me dijo–. Ahora las pondremos en remojo. Tráeme un cuenco con agua, Danny.

Fui al carromato, busqué un cuenco y lo llené de agua. Lo llevé al taller y lo puse sobre la mesa de trabajo.

–Abre los paquetes y échalos enteros –dijo mi padre.

Ésta era una de las cosas que más me gustaban de él. No quería hacerlo todo él mismo. Tanto si era un trabajo difícil, por ejemplo, ajustar un carburador en un motor grande, como si se trataba simplemente de echar unas pasas en un cuenco, siempre me dejaba que lo hiciera yo mientras él me miraba, dispuesto a ayudar. Ahora estaba observándome mientras yo abría el primer paquete de pasas.

–¡Eh! –gritó, agarrándome por la muñeca izquierda–. ¿Qué te ha pasado en la mano?

–No es nada –dije, al tiempo que cerraba el puño.

Me hizo abrir la mano. La larga marca roja que cruzaba la palma parecía una quemadura.

–¿Quién te ha hecho eso? –gritó–. ¿Fue el capitán Lancaster?

–Sí, papá, pero no es nada.

–¿Qué sucedió? –me sostenía la muñeca con tal fuerza que casi me hacía daño–. Dime exactamente lo que sucedió.

Se lo conté todo. Él me apretaba la muñeca, mientras su cara se iba poniendo cada vez más blanca, y yo noté que hervía de furia en su interior.

–¡Lo mataré! –murmuró cuando yo terminé de hablar–. Juro que lo mataré.

Sus ojos llameaban y su rostro estaba lívido. Nunca lo había visto así antes.

–Olvídalo, papá.

–¡No lo olvidaré! Tú no habías hecho nada malo y él no tenía el menor derecho a hacerte esto. Así que te llamó tramposo, ¿no?

Asentí con la cabeza.

Él había agarrado su chaqueta de la percha y se la estaba poniendo.

–¿Dónde vas? –pregunté.

–Voy a casa del capitán Lancaster a darle una paliza.

–¡No! –grité, agarrándole por un brazo–. ¡No lo hagas, papá, por favor! ¡No arreglarías nada! ¡Por favor, no!

Vaciló. Yo seguía agarrado a su brazo. Él estaba callado, y noté que poco a poco se le pasaba el arrebato de ira.

–Es repugnante –dijo.

–Seguro que a ti también te lo hicieron cuando ibas al colegio.

–Claro que sí.

–Y seguro que tu padre no fue a todo correr a darle una paliza al profesor.

Me miró sin contestar.

–¿A que no, papá?

–No, Danny, no lo hizo –respondió suavemente.

Le solté el brazo, le ayudé a quitarse la chaqueta y la colgué en la percha.

–Voy a poner las pasas en el agua –dije–. Y no te olvides de que mañana tendré un catarro terrible y no podré ir al colegio.

–Sí. Efectivamente.

–Tenemos que llenar doscientas pasas.

–Así es.

–Espero que nos dé tiempo.

–¿Te duele todavía la mano? –preguntó.

–No. Ni pizca.

Creo que con eso se quedó satisfecho. Y aunque le vi echar ojeadas a mi palma durante el resto de la tarde, no volvió a mencionar el asunto.

Esa noche no me contó ningún cuento. Se sentó en el borde de mi litera y hablamos de lo que iba a suceder en el bosque de Hazell al día siguiente. Me quedé tan exaltado que luego no podía dormirme. Creo que él debía de estar casi tan nervioso como yo, porque después de desnudarse se subió a su litera y le oí dar vueltas durante mucho rato. Tampoco él podía dormir.

A eso de las diez y media se levantó y puso un cazo en el hornillo.

–¿Qué pasa, papá?

–Nada. ¿Quieres que celebremos una fiesta de medianoche?

Encendió la lámpara del techo, abrió una lata de salmón y preparó un delicioso sándwich para cada uno. También hizo chocolate caliente para mí y té para él. Entonces empezamos otra vez a hablar de los faisanes y del bosque de Hazell.

Era bastante tarde cuando nos dormimos.

Viernes

Cuando mi padre me despertó a las seis de la mañana, supe enseguida que era el gran día. Era el día que yo ansiaba y el día que temía. Era también el día de las mariposas en el estómago, sólo que era peor que mariposas. Eran lagartijas. Tuve lagartijas en el estómago desde el momento en que abrí los ojos ese viernes por la mañana.

Lo primero que hice después de vestirme fue colgar el cartel de CERRADO. DISCULPEN en uno de los surtidores. Tomamos un desayuno rápido y luego nos sentamos en la mesa del carromato para preparar las pasas. Estaban hinchadas y blandas y, al rajarlas con la cuchilla, la piel se abría y era fácil sacarles un poco de pulpa estrujándolas.

Yo rajaba las pasas mientras mi padre abría las cápsulas. Las abría de una en una y echaba el polvo blanco en un papel. Luego lo dividía en cuatro montoncitos diminutos con la hoja de un cuchillo.

Con mucho cuidado, poníamos cada montoncito en una pasa. Con una aguja e hilo negro les dábamos el toque final. La parte más difícil del trabajo era coserlas, y casi todas las cosió mi padre. Tardábamos aproximadamente dos minutos en preparar cada pasa de principio a fin. Lo pasé fenomenal. Era divertido.

–Tu madre era maravillosa cosiendo –dijo mi padre–. Hubiera cosido estas pasas en un abrir y cerrar de ojos.

No contesté. Nunca sabía qué decir cuando él hablaba de mi madre.

–¿Sabías que ella me hacía toda la ropa, Danny? Todo lo que yo llevaba estaba hecho por ella.

–¿Hasta los calcetines y los jerséis? –pregunté.

–Sí. Pero ésos los tejía, claro. ¡Y tan deprisa! Cuando estaba haciendo punto, las agujas se movían tan rápido entre sus dedos que casi no las veías. Yo me sentaba aquí por las tardes mirándola y ella hablaba de los niños que íbamos a tener. «Tendré tres hijos», decía. «Un niño para ti, una niña para mí y un tercero para desempatar».

Hubo un breve silencio.

–Papá, cuando mamá estaba aquí, ¿salías muy a menudo por la noche o sólo de vez en cuando? –pregunté luego.

–¿Quieres decir al bosque?

–Sí.

–A menudo. Por lo menos, dos veces a la semana.

–¿Y a ella no le importaba?

–¿Importarle? Claro que no. Ella venía conmigo.

–¡No me digas!

–Sí. Vino conmigo todas las veces hasta poco antes de que tú nacieras. Entonces dijo que tenía que dejarlo porque ya no podía correr mucho.

Pensé en esta extraordinaria noticia durante un rato. Después dije:

–¿Iba contigo sólo porque te quería y deseaba estar contigo? ¿O iba porque le gustaba?

–Por las dos cosas –dijo mi padre–. Lo hacía por los dos motivos que has mencionado.

Yo empezaba a darme cuenta de la inmensa pena que él debió de sentir cuando ella murió.

–¿No tenías miedo de que le dispararan?

–Sí, Danny. Pero era maravilloso tenerla allí. Tu madre era una gran deportista.

A mediodía ya habíamos preparado ciento treinta y seis pasas.

–Vamos muy bien –dijo mi padre–. Hagamos una pausa para comer.

Abrió una lata de judías guisadas y las calentó en una cacerola. Yo corté dos rebanadas de pan integral y las puse en dos platos. Mi padre sirvió las judías calientes sobre el pan y nos llevamos los platos fuera y nos sentamos en la plataforma con las piernas colgando.

Normalmente me encantan las judías blancas con pan, pero aquel día no podía comer nada.

–¿Qué te pasa? –preguntó mi padre.

–No tengo hambre.

–No te preocupes. Lo mismo me ocurrió a mí la primera vez que fui. Tenía tu edad entonces, quizá un poco más, y en aquellos tiempos hacíamos una merienda-cena en la cocina a las cinco. Recuerdo exactamente lo que había en la mesa aquella tarde. Era mi plato favorito, empanada de salchichas, y a mi madre le salía como a nadie. La hacía en una fuente enorme, con la masa muy tostada y crujiente por encima, formando esponjosas montañas. Y entre las montañas se veían las salchichas medio enterradas en la masa. Estaba riquísima. Pero ese día mi estómago estaba tan encogido que no pude tomar bocado. Supongo que el tuyo está ahora igual.

–El mío está lleno de lagartijas. Y no paran de retorcerse.

–El mío no está enteramente normal –dijo mi padre–. Pero es que esto tampoco es una operación normal, ¿verdad?

–No, papá, no lo es.

–¿Sabes lo que es esto, Danny? ¡Es la más extraordinaria y colosal operación furtiva que nadie haya intentado jamás en la historia mundial!

–No sigas, papá. Me pones aún más nervioso. ¿A qué hora saldremos de aquí?

–Ya lo he calculado. Debemos entrar en el bosque quince minutos antes de la puesta del sol. Si llegamos después de la puesta del sol, todos los faisanes habrán volado a las ramas para descansar y será demasiado tarde.

–¿Cuándo se pone el sol? –pregunté.

–A eso de las siete y media. Así que tenemos que llegar a las siete y cuarto exactamente. Como se tarda una hora y media a pie, tenemos que salir de aquí a las seis menos cuarto.

–Entonces más vale que nos demos prisa en preparar las pasas. Aún nos quedan más de sesenta por hacer.

Terminamos el trabajo de las pasas y todavía nos sobraban dos horas. Las pasas estaban amontonadas en un plato blanco en el centro de la mesa.

–¿A que están apetitosas? –dijo mi padre, frotándose las manos–. Los faisanes van a enloquecer con ellas.

Después estuvimos gastando el tiempo en el taller hasta las cinco y media, y entonces mi padre dijo:

–¡Es hora de arreglarnos! ¡Salimos dentro de quince minutos!

Cuando íbamos hacia el carromato, se paró ante uno de los surtidores un coche ranchera, con una mujer al volante y unos ocho niños en la parte de atrás. Todos comían helados.

–Ya sé que está cerrado –gritó la mujer por la ventanilla–. Pero ¿no podrían ponerme unos cuantos litros, por favor? Estoy casi sin nada.

Era una mujer guapa con el cabello oscuro.

–Ponle gasolina –dijo mi padre–. Pero date prisa.

Busqué la llave de la oficina y abrí uno de los surtidores. Le llené el depósito, tomé el dinero y le devolví el cambio.

–No se suele cerrar tan temprano –dijo ella.

–Tenemos que salir –le dije, saltando de un pie al otro–. Tengo que ir a un sitio con mi padre.

–Estás más inquieto que un conejo. ¿Vas al dentista?

–No, señora. No es al dentista. Pero, por favor, disculpe. Tengo que irme ya.

En el bosque

Mi padre salió del carromato vestido con su viejo jersey azul marino y la gorra marrón, con la visera muy echada sobre los ojos.

–¿Qué llevas ahí, papá? –le pregunté, al ver el volumen de su cintura.

Se subió el jersey y me enseñó dos delgados pero grandes sacos de algodón blanco, enrollados a su vientre.

–Para transportar lo que tú sabes –dijo entre dientes.

–¡Ajá!

–Ve a ponerte el jersey. Es marrón, ¿no?

–Sí.

–Servirá. Pero quítate las zapatillas blancas y ponte los zapatos negros.

Entré en el carromato, me cambié de calzado y me puse el jersey. Cuando volví a salir, mi padre estaba de pie junto a los surtidores, guiñando los ojos en dirección al sol, que ahora se veía del tamaño de una mano por encima de la línea de árboles a lo largo de la loma, al otro lado del valle.

–Estoy listo, papá.

–Bien. ¡Vámonos!

–¿Tienes las pasas?

–Están aquí –dijo, dando una palmada en el bolsillo de sus pantalones, donde se notaba un bulto–. Las he puesto todas en una bolsa.

La tarde era soleada, con leves nubecillas muy blancas que permanecían quietas en el cielo, y el valle estaba fresco y tranquilo cuando echamos a andar por la carretera, que corría entre los montes. El hierro de la escayola de mi padre hacía un ruido, como el de un martillo al golpear un clavo, cada vez que pisaba la carretera.

–Ya vamos de camino, Danny. ¡Dios!, ojalá pudiera mi padre venir con nosotros. Él hubiera dado cualquier cosa por estar aquí en este momento.

–Y mamá también.

–¡Ah!, sí –dijo, con un suspiro–. A tu madre le hubiera encantado ver esto. Tu madre era muy andarina, Danny. Y siempre se traía algo de nuestras caminatas para alegrar el carromato. En verano eran flores silvestres o hierbas. Cuando las hierbas estaban granadas le quedaban preciosas en una jarra de agua, especialmente con unos tallos de maíz o de cebada entremedias. En otoño llevaba ramas y en invierno bayas.

Seguimos andando. Luego me dijo:

–¿Cómo te sientes, Danny?

–Fenomenal.

Y era verdad. Porque, aunque las lagartijas continuaban retorciéndose en mi estómago, en ese momento no me habría cambiado por el rey de Arabia.

–¿Crees que habrán hecho más hoyos de ésos para que nos caigamos dentro? –pregunté.

–No te preocupes por los hoyos, Danny. Esta vez estoy prevenido. Iremos con mucho cuidado y muy despacio cuando entremos en el bosque.

–¿Estará muy oscuro dentro cuando lleguemos?

–No demasiado oscuro. En realidad, habrá bastante luz.

–Entonces, ¿cómo evitaremos que nos vean los guardas?

–¡Ah!, ésa es la gracia del asunto. De eso se trata. Es como el escondite. Es el más emocionante juego del escondite.

–¿Porque tienen escopetas?

–Bueno, eso le da más emoción a la cosa, sí.

No hablamos mucho después de eso. Pero a medida que nos acercábamos al bosque yo veía que mi padre se iba poniendo cada vez más nervioso. Elegía alguna espantosa canción antigua y, en vez de cantar la letra, tarareaba «Tam-tiriritum-tum-tum» una y otra vez. Luego cogía una melodía y empezaba a tararear «Pom-piririí-pom-pom-pom, pom-piririí-pom». Mientras canturreaba, trataba de que el golpeteo del hierro en el asfalto llevase el ritmo de la musiquilla.

Cuando se cansó de eso me dijo:

–Te contaré algo interesante respecto a los faisanes, Danny. La ley dice que son aves silvestres y, por lo tanto, sólo te pertenecen cuando están en tus tierras. ¿Sabías eso?

–No, no lo sabía, papá.

–Así que si uno de los faisanes del señor Hazell saliera volando y se posara en nuestra gasolinera nos pertenecería a nosotros. Nadie más podría tocarlo.

–¿Aunque el señor Hazell lo hubiese comprado cuando era un polluelo? ¿Aunque él lo hubiera comprado y lo hubiese criado en su propio bosque? –pregunté.

–Así es –dijo mi padre–. Cuando el faisán vuela fuera de su propiedad, lo pierde. A menos, claro está, que vuelva a ella. Lo mismo pasa con los peces. Si una trucha o un salmón se va nadando más allá del trecho del río que corre en tu terreno y entra en el de otra persona, no puedes decir: «¡Eh!, ese pez es mío. Devuélvamelo». ¿Verdad que no?

–No, claro. Pero no sabía que era igual con los faisanes.

–Es igual con toda la caza –dijo mi padre–. Liebres, ciervos, perdices o cualquier otro animal.

Llevábamos una hora y cuarto caminando a buen paso y ya estábamos a punto de llegar al hueco en el seto, desde donde salía el camino de carros que conducía cuesta arriba al bosque en el que vivían los faisanes. Cruzamos la carretera y nos metimos por el hueco.

Subimos por el camino y, al llegar a lo alto de la colina, vimos el bosque frente a nosotros, enorme y oscuro, con el sol poniéndose detrás de los árboles, entre los cuales brillaban pequeñas chispas doradas.

–Una vez que estemos dentro, no hables, Danny –me dijo mi padre–. Mantente muy cerca de mí y procura no romper ninguna rama.

Cinco minutos después estábamos allí. El bosque se extendía a la derecha del camino, separado de nosotros únicamente por el seto.

–Adelante. Entremos.

Se metió por entre el seto a gatas, y yo le seguí.

El interior del bosque estaba fresco y sombrío. No penetraba en él ni un rayo de sol. Mi padre me agarró de la mano y echamos a andar entre los árboles. Le agradecí mucho que lo hiciera. Yo había deseado hacerlo desde el mismo momento en que entramos en el bosque, pero pensé que podría parecerle mal.

Mi padre estaba muy tenso. Andaba levantando mucho los pies y pisando suavemente sobre las hojas secas. No paraba de mover la cabeza todo el rato y miraba hacia todos lados, atento al peligro. Yo intenté hacer lo mismo, pero pronto empecé a ver un guarda detrás de cada árbol, así que renuncié.

Avanzamos durante cuatro o cinco minutos, adentrándonos lentamente en el bosque.

Entonces apareció un gran pedazo de cielo delante de nosotros, y comprendí que éste debía de ser el claro. Mi padre me había dicho que el claro era el lugar donde llevaban a los faisanes jóvenes a principios de julio, donde los guardas les daban comida y agua y los cuidaban, y donde muchos de ellos se quedaban por la fuerza de la costumbre, hasta que empezaba la cacería.

–Siempre hay muchos faisanes en el claro –me había dicho mi padre.

–¿Y guardas, papá?

–Sí, también –había contestado–. Pero hay densos matorrales alrededor y eso ayuda.

El claro estaba a unos cien metros delante de nosotros. Nos detuvimos detrás de un árbol mientras mi padre recorría lentamente con los ojos el terreno que nos rodeaba. Examinó cada sombra y cada parte del bosque al alcance de la vista.

Vamos a tener que ir a rastras el próximo trecho –murmuró, soltándome la mano–. Sígueme de cerca todo el rato, Danny, y haz lo mismo que yo haga. Si ves que me pego al suelo boca abajo, tú haces igual. ¿De acuerdo?

–De acuerdo.

–¡Vamos allá!

Mi padre se puso a gatas y empezó a arrastrarse. Yo lo seguí. Avanzaba a gatas sorprendentemente deprisa y me costaba trabajo mantenerme cerca de él. Cada pocos

segundos, él miraba hacia atrás para ver si yo iba bien y, cada vez que lo hacía, yo asentía y le sonreía.

Continuamos avanzando a rastras hasta que, por fin, nos quedamos de rodillas detrás de unos grandes arbustos, en el mismo borde del claro. Mi padre me dio un codazo y me señaló por entre las ramas a los faisanes.

El lugar estaba totalmente lleno de faisanes. Debía de haber por lo menos doscientos, pavoneándose entre los tocones de los árboles.

–¿Entiendes lo que quería decir? –murmuró mi padre.

Era un espectáculo fantástico, el sueño de un furtivo convertido en realidad. ¡Y qué cerca estaban! Algunos estaban a menos de diez pasos de nosotros. Las hembras eran gordas y de un tono pardo claro. Estaban tan rollizas que las plumas de su pechuga casi rozaban el suelo cuando andaban. Los machos eran esbeltos y elegantes, con

largas colas y manchas de color rojo vivo alrededor de los ojos, como gafas escarlata. Miré a mi padre. Su rostro estaba transfigurado por el éxtasis; la boca entreabierta y los ojos relucientes, mientras miraba hipnotizado los faisanes.

–Allí hay un guarda –dijo muy bajo.

Me quedé helado. Al principio no me atreví ni a mirar.

–Allí –susurró él.

«No debo moverme», pensé. «Ni siquiera la cabeza».

–Mira con cuidado –murmuró mi padre–. Al otro lado del claro, junto a ese árbol grande.

Despacio, giré los ojos en la dirección que él me indicaba. Entonces lo vi.

–¡Papá!

–No te muevas ahora, Danny. Quédate bien agachado.

–Sí, pero, papá...

–No pasa nada. Él no puede vernos.

Nos quedamos muy agachados, observando al guardabosques. Era un hombre bajo que llevaba una gorra en la cabeza y una escopeta de dos cañones bajo el brazo. No se movía. Parecía un pequeño poste allí puesto.

–¿Nos vamos? –susurré.

La cara del guarda quedaba oscurecida por la visera de la gorra, pero a mí me parecía que nos miraba.

–¿Nos vamos, papá?

–Calla.

Lentamente, sin apartar los ojos del guarda, mi padre se metió la mano en el bolsillo y sacó una sola pasa. Se la puso en la palma de la mano derecha y luego, con un rápido movimiento de muñeca, la lanzó. Yo vi cómo la pasa salía disparada por encima de los arbustos y aterrizaba a un metro de dos faisanes hembra que estaban cerca de un viejo tocón. Las dos volvieron la cabeza bruscamente al caer la pasa. Entonces una de ellas se acercó dando saltitos y dio un rápido picotazo.

Miré al guarda. No se había movido.

Noté que me corría un chorro de sudor frío por un lado de la frente y por la mejilla. No me atreví a levantar la mano para enjugarlo.

Mi padre arrojó una segunda pasa al claro..., luego una tercera..., una cuarta..., una quinta.

Se necesitaba coraje para hacer eso, pensé. Un coraje tremendo. Si yo hubiera estado solo, no me habría quedado allí ni un segundo. Pero mi padre se encontraba en una especie de trance. Para él, aquél era el momento culminante. El momento del peligro, la mayor emoción de todas.

Continuó arrojando pasas al claro, velozmente, silenciosamente, una a una. Un golpe de muñeca, y la pasa volaba por encima de los arbustos para caer entre los faisanes.

Entonces, de repente, el guarda volvió la cabeza para inspeccionar el bosque a su espalda.

Mi padre también lo vio. Rápido como el rayo, sacó la bolsa de pasas de su bolsillo y volcó todo el contenido en la palma de su mano derecha.

–¡Papá! –susurré–. ¡No!

Pero, con un amplio movimiento del brazo, tiró el puñado entero por encima de los arbustos al claro.

Cayeron con un leve sonido, como el de las gotas de lluvia sobre las hojas secas, y todos los faisanes del lugar debieron de oírlas caer. Hubo un revoloteo y todos se precipitaron en busca del tesoro.

La cabeza del guarda giró en redondo como si tuviera un muelle en el cuello. Las aves estaban picoteando las pasas como locas. El guarda dio dos pasos hacia delante, y por un momento pensé que iba a investigar. Pero luego se detuvo, levantó la cara y sus ojos empezaron a recorrer detenidamente el borde del claro.

–¡Échate al suelo! –murmuró mi padre–. ¡Quédate ahí! ¡No te muevas en absoluto!

Pegué mi cuerpo a la tierra, con un lado de la cara metido entre las hojas marrones. La tierra bajo las hojas tenía un curioso olor penetrante, como a cerveza.

Con un ojo vi que mi padre levantaba un poquito la cabeza para observar al guarda. No dejaba de vigilarlo.

–¿No crees que esto es fabuloso? –me susurró.

No me atreví a contestarle.

Estuvimos allí tumbados por un tiempo que a mí me parecieron cien años. Por fin, oí que mi padre murmuraba:

–Ha pasado el pánico. Sígueme, Danny. Pero ten cuidado, aún está aquí. Y permanece agachado todo el tiempo.

Empezó a gatear a toda velocidad y yo lo seguí. No podía dejar de pensar en el guarda que estaba en algún sitio detrás de nosotros. Era muy consciente de la presencia de aquel guarda y, también, muy consciente de mi propio trasero y de cómo se distinguiría a la vista de cualquiera. Ahora comprendía por qué «el culo de furtivo» era un padecimiento tan común entre quienes practicaban esta actividad.

Recorrimos unos cien metros a gatas.

–¡Ahora echa a correr! –dijo mi padre.

Nos pusimos de pie y corrimos. Unos minutos más tarde atravesamos el seto y salimos a la hermosa seguridad del camino de carros.

–¡Ha ido de maravilla! –exclamó mi padre con la respiración agitada–. ¿A que ha sido absolutamente maravilloso?

Tenía la cara colorada y resplandeciente de triunfo.

–¿Nos vio el guarda? –pregunté.

–¡Ni hablar! Y dentro de unos minutos se pondrá el sol y los faisanes volarán a los árboles y ese guarda se irá a su casa a cenar. Entonces lo único que tendremos que hacer será volver a entrar y servirnos. ¡Iremos recogiéndolos del suelo como si fueran piedras!

Se sentó en la hierba junto al seto y yo me senté a su lado. Me pasó un brazo por los hombros y me dio un abrazo.

–Lo has hecho muy bien, Danny. Estoy muy orgulloso de ti.

El guarda

Estuvimos un rato sentados en la hierba, mientras esperábamos que se hiciera de noche. El sol ya se había puesto y el cielo era de un pálido tono azul, levemente teñido de amarillo. En el bosque, las sombras y los espacios entre los árboles iban pasando del gris al negro.

–En este momento, podrías ofrecerme cualquier lugar del mundo –comentó mi padre– y no me iría.

Su rostro estaba radiante de felicidad.

–Lo hicimos, Danny –dijo, y puso su mano suavemente en mi rodilla–. Lo conseguimos. ¿No te alegra?

–Mucho. Pero era un poco terrorífico mientras estuvimos allí.

–¡Ah!, pero de eso se trata. Andar de furtivo produce pavor. Por eso nos gusta tanto. Mira, un gavilán.

Miré hacia donde él señalaba y vi un gavilán soberbiamente suspendido en el cielo del anochecer sobre el campo sembrado al otro lado del camino.

–Es su última oportunidad de cenar esta noche –dijo mi padre–. Tendrá suerte si ve algo con esta luz.

Salvo por el rápido aleteo, el gavilán permanecía completamente inmóvil en el cielo. Parecía suspendido de un hilo invisible, como un pájaro de juguete colgado del techo. De pronto, plegó las alas y se lanzó en picado hacia la tierra a una velocidad increíble. Era un espectáculo que siempre me entusiasmaba.

–¿Qué crees que habrá visto, papá?

–Un conejito, quizá. O un ratón campestre. Ninguno de ellos tiene salvación cuando un gavilán lo ve.

Esperamos para ver si el gavilán volvía a levantar el vuelo. No lo hizo, lo cual significaba que había atrapado a su presa y se la estaba comiendo en tierra.

–¿Cuánto tiempo tarda en hacer efecto una píldora para dormir? –pregunté.

–No sé la respuesta –dijo mi padre–. Supongo que una media hora.

–Pero puede que con los faisanes sea distinto, papá.

–Puede. De todos modos, tenemos que esperar un rato, para dar tiempo a que los guardas se vayan a casa. Se marcharán cuando oscurezca. He traído una manzana para cada uno –añadió, mientras buscaba en uno de sus bolsillos.

–Una camuesa anaranjada –dije, sonriendo–. Muchas gracias.

Nos pusimos a comerlas a mordiscos.

–Una de las cosas agradables de las camuesas anaranjadas –dijo mi padre– es que las pepitas resuenan cuando está madura. Sacúdela y verás cómo suena.

Sacudí mi manzana a medio comer. Oí el ruidito que hacían las pepitas.

–¡Cuidado! –susurró de pronto–. Viene alguien.

El hombre había aparecido repentina y silenciosamente y estaba bastante cerca cuando mi padre lo descubrió.

–Es otro guarda –murmuró mi padre–. Quédate sentado y no digas nada.

Los dos observamos al guarda mientras bajaba por el camino hacia nosotros. Llevaba una escopeta bajo el brazo, y un perro Labrador negro caminaba pegado a sus talones. Cuando estaba a pocos pasos se detuvo y el perro se paró también y se quedó detrás de él, mirándonos por entre las piernas del guarda.

–Buenas tardes –dijo mi padre en tono amable.

Era un hombre alto y huesudo, con la cara delgada, la mirada dura y unas manos fuertes y peligrosas.

–Le conozco –dijo, acercándose más–. Les conozco a los dos.

Mi padre no le contestó.

–Son los de la gasolinera, ¿verdad?

Sus labios eran delgados y secos y tenían una especie de costra parda.

–Usted es el de la gasolinera y ése es su hijo y viven en ese asqueroso carromato viejo. ¿No es así?

–¿A qué juega? –dijo mi padre–. ¿A las veinte preguntas?

El guarda lanzó un gran escupitajo y yo lo vi cruzar el aire y caer en el polvo a unos quince centímetros del pie escayolado de mi padre. Parecía una ostra pequeñita.

–Muévanse –ordenó el hombre–. Venga. Largo de aquí.

Al hablar, su labio superior se levantó por encima de la encía y vi una hilera de dientes pequeños y oscuros. Uno de ellos era negro, los otros eran de un marrón amarillento, como las semillas de una granada.

–Da la casualidad de que ésta es una senda de paso –dijo mi padre–. Así que haga el favor de no molestarnos.

El guarda se pasó la escopeta del brazo izquierdo al derecho.

–Están merodeando con intención de cometer un daño. Podría denunciarles por eso.

–No, no podría –dijo mi padre.

Yo me estaba poniendo muy nervioso.

–Veo que se rompió un pie –comentó el guarda–. No se caería en un hoyo en el suelo, por casualidad, ¿verdad?

–Hemos dado un buen paseo, Danny –dijo mi padre, poniéndome una mano en la rodilla–, pero ya va siendo hora de que nos vayamos a cenar.

Se puso de pie y yo también. Bajamos despacio por el camino en la dirección por la que habíamos venido, dejando al guarda allí parado, y pronto lo perdimos de vista en la semioscuridad.

–Ése es el guarda principal –dijo mi padre–. Se llama Rabbetts.

–¿Tenemos que irnos a casa, papá?

–¿A casa? –exclamó mi padre–. ¡Pero si no hemos hecho más que empezar! Ven aquí.

A nuestra derecha había una puerta de una cerca, que daba a un prado. Pasamos por encima de ella y nos sentamos detrás del seto.

—También el señor Rabbetts se irá a cenar —dijo mi padre—. No te preocupes por él.

Nos quedamos sentados detrás del seto, en silencio, mientras esperábamos que el guarda pasara por la senda, camino de su casa. Se veían unas cuantas estrellas, y una brillante luna en cuarto menguante salía por el Este, encima de las colinas, a nuestra espalda.

—Debemos tener cuidado con ese perro —dijo mi padre—. Cuando pasen, no respires ni muevas un solo músculo.

—¿No nos olerá de todas formas? —pregunté.

—No. No hay viento que le lleve el olor. ¡Cuidado! ¡Aquí vienen! ¡No te muevas!

El guarda venía por la senda dando elásticas zancadas y el perro lo seguía, pegado a sus talones, con paso rápido y sin hacer ruido. Respiré hondo y contuve el aliento mientras pasaron. Cuando ya estaban a bastante distancia, mi padre se puso de pie y dijo:

—Vía libre. No volverá esta noche.

—¿Estás seguro?

—Segurísimo, Danny.

—¿Y el otro, el del claro?

—También se habrá ido ya.

—¿No es posible que uno de ellos nos espere al final del camino? —pregunté—. ¿Junto al hueco en el seto?

—No tendría ningún sentido hacer eso. Hay por lo menos veinte caminos distintos para llegar a la carretera una vez que se sale del bosque. El señor Rabbetts lo sabe.

Nos quedamos detrás del seto unos minutos más para estar completamente seguros.

–No me digas que no es maravilloso pensar –dijo mi padre– que ahora mismo hay unos doscientos faisanes subidos en las ramas y que ya están empezando a sentirse mareados. ¡Pronto comenzarán a caer de los árboles como gotas de lluvia!

La luna en cuarto menguante ya estaba bien alta sobre las colinas, y el cielo estaba lleno de estrellas cuando volvimos a saltar la puerta de la cerca y echamos a andar hacia el bosque.

El campeón del mundo

Esta vez no estaba tan oscuro dentro del bosque como yo había esperado. Leves resplandores y reflejos de la reluciente luna penetraban por entre las hojas y daban al lugar un aspecto frío e imponente.

–He traído una linterna para cada uno –dijo mi padre–. Las necesitaremos luego.

Me entregó una de esas pequeñas linternas de bolsillo que tienen forma de pluma. Encendí la mía. Producía un rayo largo y estrecho de sorprendente luminosidad y, cuando la moví, era como si moviera entre los árboles una varilla mágica, muy larga y blanca. La apagué.

Empezamos a caminar en dirección al claro donde los faisanes se habían comido las pasas.

–Ésta será la primera vez en la historia del mundo que alguien intente apoderarse de los faisanes que están descansando en las ramas –dijo mi padre–. ¿A que es estupendo poder andar por aquí sin preocuparse de los guardas?

–¿No crees que el señor Rabbetts pueda haber vuelto a escondidas para cerciorarse?

–¡Qué va! Se ha marchado a casa a cenar.

No pude evitar pensar que si yo fuera el señor Rabbetts y hubiera visto a dos tipos sospechosos merodeando justo en las lindes de mi espléndido bosque de faisanes, desde luego no me hubiera ido a casa a cenar. Mi padre debió de intuir mis temores, porque volvió a agarrarme de la mano, entrelazando sus largos y cálidos dedos con los míos.

De la mano, avanzamos entre los árboles hacia el claro. Unos minutos después estábamos allí.

–Aquí es donde tiramos las pasas –dijo mi padre.

Miré por entre los arbustos. El claro aparecía pálido y lechoso a la luz de la luna.

–¿Qué hacemos ahora? –pregunté.

Apenas pude distinguir su cara bajo la visera de la gorra; tenía los labios blancos, las mejillas coloradas y los ojos brillantes.

–¿Están todos durmiendo, papá?

–Sí. Están todos en los árboles, por aquí alrededor. No se alejan mucho.

–¿Los vería si dirigiera la luz de la linterna hacia las ramas?

–No. Suben bastante alto y se esconden entre las hojas.

Nos quedamos esperando a que sucediera algo.

No sucedía nada. Todo era silencio en el bosque.

–Danny.

–¿Sí, papá?

–Pensaba, ¿cómo se las arregla un pájaro para mantener el equilibrio sobre una rama cuando está dormido?

–No lo sé. ¿Por qué?

—Es muy raro.

—¿Qué es lo raro?

—Es raro que un pájaro no se caiga de la rama en cuanto se queda dormido. Después de todo, si nosotros estuviéramos sentados en una rama y nos durmiéramos nos caeríamos enseguida, ¿no?

Los pájaros tienen garras, papá. Supongo que con ellas se sujetan a la rama.

—Eso ya lo sé, Danny. Pero de todos modos no entiendo por qué las garras siguen aferradas a la rama cuando el pájaro está dormido. Cuando uno se duerme, todos los músculos se relajan.

Esperé a que continuara.

—Estaba pensando que, si un ave mantiene el equilibrio cuando está dormida, no hay razón para que las píldoras la hagan caer.

—Está drogada. Seguro que caerá.

—¿Acaso no es eso simplemente un sueño más profundo? ¿Por qué hemos de esperar que se caigan sólo porque duerman más profundamente?

Hubo un siniestro silencio.

—Debería haberlo probado con gallos —dijo mi padre.

De pronto, toda la sangre parecía haber abandonado sus mejillas. Estaba tan pálido que pensé que se iba a desmayar.

—Mi padre lo hubiera probado con gallos antes de hacer nada —añadió.

En ese momento nos llegó el ruido de un ligero golpe que provenía del bosque, a nuestra espalda.

–¿Qué ha sido eso? –pregunté.

–¡Pss!

Nos quedamos atentos.

¡Plom!

–¡Otra vez!

Era un sonido sordo y blando, como si hubieran tirado un saco de arena al suelo.

¡Plom!

–¡Son faisanes! –grité.

–¡Espera!

–¡Tienen que ser faisanes, papá!

¡Plom! ¡Plom!

–Quizá tengas razón Danny.

Encendimos las linternas y corrimos hacia los ruidos.

–¿De dónde vienen los sonidos? –preguntó mi padre.

–¡Por aquí, papá! ¡Dos fueron por este lado!

–Yo creí que era por allí. ¡Sigue mirando! ¡No pueden estar muy lejos!

Buscamos durante un minuto.

–¡Aquí hay uno! –gritó mi padre.

Cuando llegué donde él estaba, lo encontré con un magnífico macho entre las manos. Lo examinamos atentamente a la luz de las linternas.

–Está como un tronco –dijo mi padre–. No se despertará en una semana.

¡Plom!

–¡Otro! –grité.

¡Plom! ¡Plom!

–¡Dos más! –chilló mi padre.

¡Plom!

¡Plom! ¡Plom! ¡Plom!

–¡Viva! –gritó mi padre.

¡Plom! ¡Plom! ¡Plom! ¡Plom!

¡Plom! ¡Plom!

Caían faisanes de los árboles a todo nuestro alrededor. Empezamos a correr como locos en la oscuridad, barriendo el suelo con la luz de las linternas.

¡Plom! ¡Plom! ¡Plom! Este grupo cayó casi encima de mí. Yo estaba justo debajo del árbol cuando cayeron, y encontré a los tres inmediatamente, dos machos y una hembra. Estaban lacios y cálidos y las plumas eran maravillosamente suaves.

–¿Dónde los pongo, papá? –grité.

–¡Déjalos aquí, Danny! ¡Ponlos en montón aquí, donde hay luz!

Mi padre estaba en el borde del claro, bañado por la luz de la luna, y sostenía un gran manojo de faisanes en cada mano. Su expresión era radiante; con los ojos muy abiertos y brillantes, miraba a su alrededor como un niño que acabara de descubrir que el mundo está hecho de chocolate.

¡Plom!

¡Plom! ¡Plom!

–¡Son demasiados! –dije.

–¡Es fantástico! –gritó él.

Dejó caer los faisanes que llevaba y corrió a buscar más.

¡Plom! ¡Plom! ¡Plom! ¡Plom!

¡Plom!

Ahora resultaba fácil encontrarlos. Había uno o dos tirados debajo de cada árbol. Rápidamente recogí seis más, tres en cada mano, y corrí a echarlos con los otros. Luego otros seis. Y después, seis más.

Y seguían cayendo.

Mi padre estaba en un torbellino de nerviosismo, corría de acá para allá como un fantasma loco bajo los árboles. Yo veía el rayo de su linterna moviéndose en la oscuridad y, cada vez que encontraba un nuevo faisán, lanzaba un gritito de triunfo.

¡Plom! ¡Plom! ¡Plom!

–¡Eh, Danny! –gritó.

¡Sí, estoy aquí! ¿Qué quieres, papá?

–¿Qué crees que diría el gran señor Hazell si viera esto?

–No lo menciones.

Durante tres o cuatro minutos continuaron cayendo faisanes. Luego, repentinamente, dejaron de caer.

–¡Sigue buscando! –gritó mi padre–. ¡Hay muchos más en el suelo!

–Papá –dije–, ¿no crees que deberíamos salir de aquí mientras sea fácil marcharse?

–¡Nunca! ¡Ni hablar!

Continuamos la busca. Entre los dos miramos debajo de todos los árboles que había a cien metros del claro al Norte, Sur, Este y Oeste, y creo que al final encontramos la mayor parte de los faisanes. En el punto de recogida se formó un montón tan grande como una hoguera.

–Es un milagro –decía mi padre–. Es un auténtico milagro.

Contemplaba el montón de faisanes como en trance.

–¿No deberíamos llevar unos seis cada uno y marcharnos deprisa? –dije.

–Me gustaría contarlos, Danny.

–¡Papá! ¡Ahora no!

–Tengo que contarlos.

–¿No podemos hacerlo luego?

–Uno... dos... tres... cuatro...

Empezó a contarlos cuidadosamente, sujetándolos uno a uno y poniéndolos a un lado. Ahora la luna estaba

justo sobre nosotros, y todo el claro quedaba bastante iluminado. Yo me sentía como si estuviera bajo el resplandor de unos potentes faros.

–Ciento diecisiete... ciento dieciocho... ciento diecinueve... ¡Ciento veinte! –gritó–. ¡Es el récord de todos los tiempos! –nunca lo había visto más feliz–. El máximo que mi padre consiguió de una vez fueron quince, ¡y se pasó una semana borracho para celebrarlo! Pero esto... esto, hijo, ¡es un récord mundial!

–Supongo que sí.

–¡Y lo has conseguido tú, Danny! ¡Todo fue idea tuya!

–No lo he conseguido yo, papá.

–¡Ah, sí, claro que sí! ¿Y sabes en qué te convierte esto, Danny? ¡Te convierte en el campeón del mundo!

Se subió el jersey y desenvolvió los dos grandes sacos de algodón que llevaba en torno a la cintura.

–Toma el tuyo –dijo, tendiéndome uno–. ¡Llénalo rápido!

La luz de la luna era tan fuerte que pude leer el letrero impreso en el saco. FÁBRICA DE HARINA KESTON. LONDRES, decía.

–¿No crees que el guarda de los dientes marrones puede estar observándonos ahora mismo desde detrás de un árbol? –pregunté.

–Qué va. Si está en algún sitio, estará en la gasolinera, esperando para pillarnos cuando volvamos a casa con el botín.

Comenzamos a meter los faisanes en los sacos. Eran suaves, y la piel bajo las plumas aún estaba caliente.

–No podemos llevarnos todo esto a pie hasta casa.

–Por supuesto que no. Luego habrá un taxi en el camino.

–¿Un taxi?

–Mi padre siempre utilizaba un taxi cuando hacía un trabajo grande.

–Pero ¿por qué un taxi?

–Es más discreto, Danny. Nadie sabe quién va en un taxi, excepto el taxista.

–¿Qué taxista?

–Charlie Kinch. Está encantado de ayudarnos.

–¿También él sabe que somos furtivos?

–¿El viejo Charlie Kinch? Naturalmente. En sus tiempos cazó más faisanes que litros de gasolina hemos vendido nosotros.

Terminamos de llenar los sacos y mi padre se echó el suyo a la espalda. Yo no pude hacer lo mismo con el mío. Pesaba demasiado.

–Arrástralo –dijo mi padre–. Puedes llevarlo a rastras.

Mi saco contenía sesenta faisanes y pesaba una tonelada. Pero se deslizaba con bastante facilidad sobre las

hojas, si yo tiraba de él con las dos manos caminando hacia atrás.

Llegamos a la linde del bosque y miramos por entre el seto hacia la senda.

–Charlie –dijo mi padre muy bajito.

El viejo que estaba al volante del taxi asomó la cabeza por la ventanilla, y a la luz de la luna vimos que nos dedicaba una desdentada sonrisa de complicidad. Pasamos a través del seto, arrastrando nuestros sacos.

–¡Hola, hola! –dijo Charlie Kinch–. ¿Qué es todo esto?

El taxi

Dos minutos después estábamos a salvo dentro del taxi y bajábamos lentamente por el camino de los baches hacia la carretera.

Mi padre reventaba de orgullo y emoción. No paraba de inclinarse hacia delante y darle palmadas en el hombro a Charlie Kinch, diciendo:

–¿Qué te parece, Charlie? ¿Qué te parece esto de una tacada?

Y Charlie volvía la cabeza y miraba con los ojos como platos los dos voluminosos sacos.

–¡Caray, tío! –repetía–. ¿Cómo lo has hecho?

–¡Lo ha hecho Danny! –exclamaba mi padre con orgullo–. Mi hijo Danny es el campeón del mundo.

–Calculo que mañana van a andar un poco escasos de faisanes en la gran cacería del señor Hazell, ¿eh, William? –dijo entonces Charlie.

–Me imagino que sí, Charlie –contestó mi padre–. Me imagino que sí.

–Todos esos peces gordos –dijo el viejo Charlie– han hecho muchos kilómetros en sus grandes y relucientes

coches, ¡y no van a encontrar ni un maldito faisán al que disparar!

Charlie Kinch se rió tanto que estuvo a punto de salirse de la senda.

–Papá –dije–. ¿Qué vas a hacer con todos esos faisanes?

–Compartirlos con nuestros amigos –contestó él–. Para empezar, aquí Charlie se llevará una docena. ¿De acuerdo, Charlie?

–Conforme –dijo Charlie.

–Otra docena será para el doctor Spencer. Y otra para Enoch Samways...

–¿Quieres decir el sargento Samways?–exclamé.

–Claro –dijo mi padre–. Enoch Samways es amigo mío de toda la vida.

—Enoch es una buena persona —afirmó Charlie Kinch—. Un tío simpático.

El sargento Enoch Samways, como yo sabía bien, era el policía del pueblo. Era un hombre enorme y rollizo, con un hirsuto bigote negro, que paseaba arriba y abajo por la calle Mayor con el andar orgulloso y medido de quien sabe que tiene autoridad. Los botones de plata de su uniforme

brillaban como diamantes, y sólo verlo me asustaba tanto que cruzaba a la otra acera cuando él se aproximaba.

–A Enoch le gusta el faisán asado tanto como al que más –dijo mi padre.

–Creo que también sabe bastante sobre cómo atraparlos –aseguró Charlie.

Me quedé de piedra. Pero también me alegré porque, ahora que sabía que el sargento Samways era humano como todo el mundo, quizá no le tendría tanto miedo en adelante.

–¿Vas a repartirlos esta noche, papá? –pregunté.

–No, esta noche no, Danny. Hay que volver a casa con las manos vacías, después de una noche como ésta. Nunca se puede estar seguro de si el señor Rabbetts o uno de los suyos te va a estar esperando en la puerta de tu casa para ver si traes algo.

–¡Ajá, menudo es ese Rabbetts! –dijo Charlie Kinch–. Lo mejor es echarle medio kilo de azúcar en el depósito del coche sin que se entere, así luego no podrá ir a cotillear a tu casa. Nosotros siempre poníamos azúcar en el depósito de gasolina de los guardas antes de una salida. Me choca que no lo hayas hecho, William, sobre todo tratándose de un trabajo importante como éste.

–¿Para qué sirve el azúcar? –pregunté.

–Pues deja todas las piezas pringosas –contestó Charlie–. Tienes que desmontar todo el motor para quitarle el azúcar, si quieres que vuelva a funcionar. ¿No es así, William?

–Así es, Charlie.

Salimos del camino a la carretera principal y Charlie Kinch puso el viejo taxi en tercera y se dirigió al pueblo.

–¿Vas a dejar estas aves en casa de la señora Clipstone esta noche? –preguntó Charlie.

–Sí –contestó mi padre–. Ve directamente a su casa.

–¿Por qué vamos a casa de la señora Clipstone? –pregunté–. ¿Qué tiene ella que ver en esto?

–La señora Clipstone reparte a domicilio los faisanes. ¿No te lo había dicho?

–No, papá –dije, atónito.

Estaba más asombrado que nunca. Grace Clipstone era la esposa del reverendo Lionel Clipstone, el vicario del pueblo.

–Siempre hay que elegir una señora respetable para entregar los faisanes. ¿Verdad que sí, Charlie?

–La señora Clipstone es una dama distinguida –afirmó Charlie.

Me costaba trabajo creer lo que decían. Empezaba a parecer que prácticamente toda la gente de la comarca estaba metida en este asunto.

–Al vicario le gusta mucho el faisán asado para cenar.

–¿Y a quién no? –dijo Charlie Kinch, y otra vez empezó a reírse para sí.

Ya íbamos atravesando el pueblo, y los faroles de las calles estaban encendidos y los hombres volvían a sus casas de las tabernas, repletos de cerveza. Vi al señor Snoddy, el director de mi colegio, un poco tambaleante, mientras trataba de entrar a escondidas por la puerta lateral de su casa, pero él no vio la antipática cara de su mujer que le espiaba desde la ventana del primer piso.

—¿Sabes una cosa, Danny? —dijo mi padre—. Les hemos hecho un favor a estas aves durmiéndolas de este modo, sin dolor. Lo hubieran pasado muy mal mañana si no las hubiéramos cazado nosotros.

—Malísimos tiradores, eso es lo que son la mayoría de esos tipos —aseguró Charlie—. Por lo menos la mitad de los faisanes acaban heridos o con las alas partidas.

El taxi torció a la izquierda y se metió por la puerta de la verja de la vicaría. No había luces en la casa y nadie salió a recibirnos. Mi padre y yo bajamos del coche y metimos los sacos de faisanes en la carbonera que había en la parte de atrás. Luego nos despedimos de Charlie Kinch y echamos a andar para volver a la gasolinera.

Camino de casa

Pronto dejamos atrás el pueblo y nos encontramos en campo abierto. No había nadie a la vista, sólo nosotros dos, mi padre y yo, cansados pero contentos, caminando por la serpenteante carretera a la luz de la luna.

–¡Es que no puedo creerlo! –repetía mi padre–. ¡Sencillamente no me puedo creer que lo hayamos logrado!

–Todavía tengo el corazón latiendo como loco.

–¡Yo también! ¡Yo también! Pero, ¡oh!, Danny –gritó, poniéndome una mano en el hombro–. ¿Verdad que ha sido fabuloso?

Íbamos andando justo por el centro de la carretera como si fuéramos por un camino particular que atravesara nuestra finca y nosotros fuésemos los amos de todo lo que divisábamos.

–¿Te das cuenta, Danny, de que esta noche, este viernes treinta de septiembre, tú y yo nos hemos llevado ciento veinte faisanes de primera del bosque del señor Hazell?

Lo miré. Su cara estaba radiante de felicidad y agitaba los brazos mientras caminaba por el centro de la carretera con el hierro de la escayola resonando a cada paso.

—¡Faisán asado! —gritó, dirigiéndose a la luna y a todo el paisaje—. ¡El plato más exquisito y suculento de la tierra! Creo que nunca has tomado faisán asado, ¿verdad, Danny?

—Nunca.

—¡Espera y verás! —exclamó—. ¡Ya verás cuando lo pruebes! ¡Tiene un sabor increíble! ¡Es pura magia!

—¿Hay que tomarlo asado, papá?

—Claro que tiene que ser asado. Jamás se cuece un ave joven. ¿Por qué lo preguntas?

—¿Y cómo vamos a asarlo? —dije—. ¿No hace falta tener un horno?

—Desde luego.

—Pero nosotros no tenemos horno, papá. Sólo tenemos un quemador de parafina.

—Lo sé. Y por eso he decidido comprar un horno.

—¿Comprarlo? —exclamé.

—Sí, Danny. Con tan fabulosa cantidad de faisanes en nuestras manos, es importante que tengamos el equipo adecuado. Por lo tanto, mañana volveremos al pueblo y compraremos un horno eléctrico. Podemos comprarlo en la tienda de Wheeler. Lo pondremos en el taller. Allí tenemos muchos enchufes.

—¿No será muy caro?

—Ningún gasto es excesivo por tomar faisán asado —afirmó mi padre—. Y no te olvides, Danny, de que antes de meter el faisán en el horno tenemos que ponerle tiras de tocino en la pechuga para que esté tierno y jugoso. Y salsa de pan también. Tendremos que hacer una salsa con pan. El faisán asado no se debe tomar sin abundante salsa de pan.

Hay tres cosas que siempre se deben tomar con el faisán asado: salsa de pan, patatas fritas y chirivías cocidas. Hubo un minuto de silencio mientras los dos nos permitíamos el placer de imaginar esos deliciosos alimentos.

–Y te diré qué otra cosa hemos de comprar –dijo mi padre–. Tenemos que comprar uno de esos grandes congeladores donde se pueden conservar las cosas durante meses y meses sin que se estropeen.

–¡Papá! ¡No!

–Pero no te das cuenta, Danny, de que incluso después de haberles regalado faisanes a todos nuestros amigos, a Charlie Kinch, al reverendo Clipstone, al doctor Spencer, a Enoch Samways y a todos los demás, aún nos quedarán unos cincuenta para nosotros. Por eso necesitamos un congelador.

–¡Pero costará un ojo de la cara!

–¡Y valdrá la pena! –exclamó él–. Imagínate, Danny, siempre que se nos antoje cenar un buen faisán asado, no tenemos más que abrir el congelador y asarlo. ¡Ni los reyes y las reinas viven mejor!

Un búho voló sobre la carretera delante de nosotros, batiendo sus grandes alas blancas a la luz de la luna.

–¿Tu madre tenía horno cuando tú eras pequeño, papá?

–Tenía algo mejor que un horno. Tenía una cocina de carbón. Era grande, larga y negra y la llenábamos de carbón y la manteníamos encendida veinticuatro horas al día. No se apagaba nunca. Si no teníamos carbón, usábamos leña.

–¿Se podía asar faisanes en ella?

–Se podía asar lo que se quisiera, Danny. Era estupenda aquella vieja cocina. En el invierno mantenía caldeada toda la casa.

–Pero tú nunca has tenido una cocina; mamá y tú, cuando os casasteis, ni un horno, ¿verdad, papá?

–No. No podíamos permitirnos ese lujo.

–Entonces, ¿cómo asabais los faisanes?

–¡Ah! Teníamos un truco. Hacíamos una hoguera delante del carromato y los asábamos con un espetón, como hacen los gitanos.

–¿Qué es un espetón? –pregunté.

–Es un pincho largo de metal; lo clavas a lo largo del faisán y lo pones sobre el fuego, y apoyas el espetón sobre las horquillas.

–¿Y se asaban bien?

–Bastante bien. Pero en un horno se hace mejor. Escucha, Danny, el señor Wheeler tiene en su tienda unos hornos maravillosos. Hay uno con tantos mandos y botones que parece la cabina de un avión.

–¿Es ése el que quieres comprar, papá?

–No sé. Lo decidiremos mañana.

Seguimos andando y pronto vimos la gasolinera bajo la luz de la luna, a lo lejos.

–¿Crees que nos estará esperando el señor Rabbetts, papá?

–Aunque esté, no lo verás, Danny. Siempre se esconden y vigilan desde detrás de un seto o un árbol y solamente aparecen si ven que llevas un saco al hombro o que tus bolsillos están sospechosamente abultados. Nosotros no llevamos nada en absoluto. Así que no te preocupes.

No sé si el señor Rabbetts nos observaba o no cuando llegamos a la gasolinera y nos dirigimos al carromato. No vimos rastro de él. En el carromato, mi padre encendió la lámpara y yo encendí el hornillo y puse el cazo para preparar una taza de cacao para cada uno.

–Esta noche ha sido –exclamó mi padre unos minutos después, mientras estábamos sentados bebiendo el cacao caliente– el momento más grandioso de toda mi vida.

El cochecito gigante

A las ocho y media de la mañana siguiente, mi padre entró en el taller y llamó por teléfono al doctor Spencer.

–Escuche, doctor, si puede usted venir a la gasolinera dentro de media hora, más o menos, creo que tendré un regalito sorpresa para usted.

El médico dijo algo en respuesta, y mi padre colgó el teléfono.

A las nueve llegó el doctor Spencer en su coche. Mi padre se acercó a él y ambos mantuvieron una conversación en murmullos junto a los surtidores. De repente, el médico se puso a aplaudir y a brincar, riéndose a carcajadas.

–¡No me digas! ¡No es posible!

Entonces vino corriendo hasta mí y me estrechó la mano.

–¡Te felicito, mi querido muchacho! –gritó, sacudiendo mi mano con tanta energía que casi me la arranca–. ¡Qué triunfo! ¡Qué milagro! ¡Qué victoria! ¿Por qué demonios no se me ocurriría a mí ese método? ¡Es usted un genio, caballero! ¡Viva Danny, el campeón del mundo!

–¡Aquí viene! –gritó mi padre, al tiempo que señalaba hacia la carretera–. ¡Aquí viene, doctor!

–¿Quién viene? –dijo el médico.

–La señora Clipstone.

Mi padre pronunció el nombre con orgullo, como si fuera un general en jefe refiriéndose a su más bravo oficial.

Los tres nos quedamos junto a los surtidores, mirando hacia la carretera.

–¿No la ve? –exclamó mi padre.

Allá, en la distancia, pude distinguir una figurita que avanzaba hacia nosotros.

–¿Qué es lo que va empujando, papá?

Mi padre me lanzó una mirada pícara.

–Sólo hay una manera segura de entregar faisanes, y es debajo de un bebé. ¿Verdad, doctor?

–¿Debajo de un bebé? –preguntó el doctor Spencer.

–Claro. En un cochecito, con el bebé encima.

–¡Fantástico! –exclamó el médico.

–Eso se le ocurrió a mi padre hace muchos años y, hasta ahora, nunca ha fallado.

–Es brillante –dijo el doctor Spencer–. Sólo una mente brillante pudo concebir una cosa así.

–Sí, era un hombre brillante –repitió mi padre–. ¿La ve ya, doctor? Y el que está sentado en el cochecito será el pequeño Christopher Clipstone. Tiene año y medio. Es un niño precioso.

–Yo lo traje al mundo. Pesaba cuatro kilos.

Pude ver un punto, que supuse que sería el bebé sentado en el cochecito, que llevaba la capota plegada.

–Hay más de cien faisanes debajo de ese crío –afirmó mi padre–. Imagínese.

–¡En un cochecito de bebé no caben cien faisanes! –dijo el médico–. ¡No seas absurdo!

–Sí caben, si el cochecito está hecho especialmente para eso. Éste es mucho más largo, más ancho y más hondo de lo normal. Si uno quisiera, podría llevar una vaca en ese cochecito, ¡cien faisanes y un bebé caben de sobra!

–¿Lo has hecho tú, papá?

–Más o menos, Danny; ¿te acuerdas de cuando te acompañé al colegio y luego me fui a comprar las pasas?

–Sí, anteayer.

–Sí, pues luego me fui directamente a la vicaría y convertí el cochecito de su bebé en este «modelo especial de furtivo». Es una preciosidad, palabra que sí. Ya veréis. Y la señora Clipstone dice que es más fácil de llevar que el corriente. Dio con él una vuelta de prueba en su patio en cuanto lo terminé.

–Fantástico –repitió el médico otra vez–. Absolutamente fantástico.

–Generalmente basta con un cochecito corriente, de fábrica. Pero, claro, nadie ha tenido que transportar nunca cien faisanes.

–¿Dónde se sienta el bebé? –preguntó el médico.

–Encima, por supuesto. Se pone una sábana para taparlos y se coloca al crío encima de la sábana. Un montón de faisanes es un buen colchón para cualquier niño.

–No lo dudo.

–El pequeño Christopher va hoy bien cómodo y blandito –dijo mi padre.

Esperamos junto a los surtidores a que llegase la señora Clipstone. Era el primero de octubre y una de esas mañanas de otoño cálidas y sin viento, con el cielo oscuro y un olor a tormenta en el aire.

Lo maravilloso de mi padre, pensé, era que siempre te sorprendía. Era imposible estar mucho rato con él sin que te sorprendiera o asombrara con una cosa u otra. Era como esos magos que sacan cosas inesperadas del sombrero. Ahora mismo era el cochecito y el bebé. Dentro de un poco sería alguna otra cosa, estaba seguro.

–Ha cruzado todo el pueblo sin ningún temor –afirmó mi padre–. ¡Es una mujer valiente!

–Parece tener mucha prisa –dije–. Va medio corriendo. ¿No le parece que va medio corriendo, doctor Spencer?

–Supongo que está ansiosa por entregar el cargamento –dijo el médico.

Mi padre miró la figura que se acercaba, frunciendo los ojos.

—Parece que anda bastante rápido, ¿no? —preguntó cautelosamente.

—Anda muy rápido —opiné yo.

Hubo una pausa. Mi padre miraba fijamente a la señora a gran distancia.

—A lo mejor no quiere que la coja la lluvia —dijo mi padre—. Seguro que es eso. Piensa que va a llover y no quiere que se moje el niño.

—Podría levantar la capota.

No me contestó.

—¡Está corriendo! —gritó el doctor Spencer—. ¡Mirad!

Era verdad. La señora Clipstone había echado a correr a toda velocidad.

Mi padre se quedó muy quieto, mirándola. Y en el silencio que siguió me pareció oír el llanto de un bebé.

—¿Qué pasa, papá?

No respondió.

—Le pasa algo al bebé —aseguró el doctor Spencer—. ¡Escuchad!

En ese momento, la señora Clipstone estaba a unos doscientos metros de nosotros, pero se acercaba a toda velocidad.

—¿Lo oyes ahora, papá?

—Sí, lo oigo.

—Berrea como un condenado —dijo el doctor Spencer.

La aguda y lejana vocecita se hacía más fuerte a cada instante, frenética, penetrante, ininterrumpida.

—Al niño le ha dado un ataque —gritó mi padre—. Menos mal que tenemos un médico a mano.

El doctor Spencer no dijo nada.

—Por eso corre la madre, doctor. Al niño le ha dado un ataque de nervios y ella quiere llegar enseguida para ponerlo bajo el grifo de agua fría.

—Menudo griterío.

—Si no es un ataque de nervios —dijo mi padre—, apuesto lo que quiera a que es algo así.

—Dudo que sea eso —aseguró el médico.

Mi padre, incómodo, movió los pies sobre la gravilla.

—A los bebés les pasan mil cosas así todos los días. ¿No es cierto, doctor?

—Claro —exclamó el doctor Spencer—. Todos los días.

—Yo conocí a un bebé que metió los dedos entre los radios de la rueda del cochecito —contó mi padre—. Se los cercenó.

El médico sonrió.

—Sea lo que sea —se lamentó—, ojalá dejase de correr. Va a levantar sospechas.

Un camión grande cargado de ladrillos apareció por detrás de la señora Clipstone, y el conductor redujo la velocidad y asomó la cabeza por la ventanilla para mirarla. Ella lo ignoró y continuó a la carrera. Estaba ya tan cerca que yo podía ver su cara, colorada, con la boca muy abierta, jadeando. Observé que llevaba unos guantes blancos muy elegantes, y un sombrerito blanco que hacía juego, colocado justo en lo alto de la cabeza, como una seta.

¡De repente, un enorme faisán salió volando del cochecito!

Mi padre lanzó un grito de horror.

El imbécil del camionero se echó a reír a carcajadas.

El faisán aleteó en el aire, como borracho, durante unos segundos, luego perdió altura y aterrizó sobre la hierba al lado de la carretera.

—¡Diantre! —dijo el doctor Spencer—. ¡Mirad eso!

La camioneta de una tienda de comestibles se acercó al camión por detrás y empezó a tocar la bocina pidiendo paso. La señora Clipstone siguió corre que te corre.

Entonces, ¡Sssuuusss!... otro faisán salió volando del cochecito.

Después, un tercero y un cuarto.

—¡Dios! —dijo el doctor Spencer—. ¡Ya sé lo que ha ocurrido! ¡Las píldoras! ¡Se les está pasando el efecto!

Mi padre abrió la boca.

La señora Clipstone cubrió los últimos cincuenta metros a una velocidad tremenda. Entró en la gasolinera rodeada de faisanes que salían del cochecito y volaban en todas direcciones.

—¿Qué diablos pasa? —chilló.

Paró bruscamente al lado del primer surtidor, agarró en brazos al niño, que berreaba, y se apartó.

Al retirar el peso de la criatura, una gran nube de faisanes se elevó del gigantesco cochecito. Debía de haber bastantes más de cien, y todo el cielo sobre nuestras cabezas aparecía cubierto de enormes aves pardas batiendo las alas.

—El efecto de una píldora para dormir no dura eternamente —afirmó el doctor Spencer, moviendo la cabeza con pesar—. Siempre se pasa a la mañana siguiente.

Los faisanes estaban demasiado atontados para poder volar lejos. A los pocos segundos, descendieron y se posaron, como una invasión de langosta, por toda la gasolinera. El lugar estaba lleno de ellos. Se posaron ala con ala sobre el tejado del taller, y en el alféizar de la ventana

de la oficina había como una docena. Algunos se pusieron en la estantería de las botellas de aceite lubricante y otros patinaban encima del capó del coche del doctor Spencer. Un macho de hermosa cola estaba elegantemente posado en lo alto de un surtidor, y buen número de ellos, los que estaban demasiado drogados para hacer otra cosa, se quedaron en el suelo a nuestros pies ahuecando las plumas y parpadeando con sus pequeños ojitos.

Mi padre permanecía notablemente tranquilo. Pero la pobre señora Clipstone no.

–¡Casi se lo comen a picotazos! –gritaba, mientras apretaba contra su pecho al niño, que lloraba a moco tendido.

–Llévelo al carromato, señora Clipstone –dijo mi padre–. Todos estos pájaros le ponen nervioso. Y tú, Danny, mete rápidamente ese cochecito dentro del taller.

La señora Clipstone entró en nuestro carromato con el niño. Yo metí el cochecito en el taller.

En la carretera, ya había empezado a formarse una cola de coches detrás del camión de ladrillos y de la camioneta de comestibles. La gente abría las puertas de los coches, bajaba y empezaba a cruzar para venir a ver los faisanes.

–¡Cuidado, papá! –dije–. ¡Mira quién está aquí!

Adió s, señor Hazell

El enorme y reluciente Rolls Royce plateado frenó bruscamente y se detuvo delante de la gasolinera. Detrás del volante vi la carota hinchada y sonrosada del señor Victor Hazell, mirando fijamente los faisanes. Vi que se le abría la boca, los ojos se le salían de las órbitas, como los de un sapo, y la piel de su cara pasaba del rosa al rojo vivo. Se abrió la puerta del coche y salió él, resplande-

ciente con sus pantalones de montar color mostaza y sus botas altas. Llevaba al cuello una bufanda de seda amarilla con lunares rojos y en la cabeza una especie de sombrero hongo. La gran cacería estaba a punto de comenzar y él iba a dar la bienvenida a sus invitados.

Dejó la puerta del Rolls abierta y vino hacia nosotros como un toro furioso. Mi padre, el doctor Spencer y yo lo esperamos muy juntos, formando un grupito. Empezó a gritarnos nada más salir del coche, y siguió gritando mucho rato. Estoy seguro de que os gustaría saber lo que dijo, pero me es imposible repetirlo aquí. Utilizó unas palabrotas tan asquerosas que me hacían daño en los oídos. De su boca salieron palabras que yo no había oído nunca y espero no volver a oír jamás. Se le formó una espumilla blanca en los labios y un hilo de saliva le escurría por la barbilla y le caía sobre la bufanda de seda amarilla.

Miré a mi padre. Estaba muy quieto y muy tranquilo, y esperaba a que terminase el griterío. El color había vuelto a sus mejillas y noté las ligeras arruguitas de una sonrisa en torno a sus ojos.

El doctor Spencer estaba a su lado y también parecía muy tranquilo. Miraba al señor Hazell como miraría a un gusano que encontrara en una hoja de lechuga de su ensalada.

Yo no me sentía tan tranquilo.

–Pero no son sus faisanes –dijo mi padre finalmente–. Son míos.

–¡No mienta! –aulló el señor Hazell–. ¡Yo soy el único de por aquí que tiene faisanes!

–Están en mi terreno –contestó mi padre con calma–. Han venido a posarse en mi terreno y, mientras estén en mi terreno, me pertenecen. ¿Acaso no conoce las leyes, gorila pretencioso?

El doctor Spencer empezó a reírse por lo bajo. La cara del señor Hazell pasó del rojo al morado. Tenía los ojos tan saltones y las mejillas tan hinchadas que parecía que le estuvieran inflando con una bomba. Miró a mi padre con furia. Luego miró con furia los faisanes atontados que aleteaban torpemente por todas partes.

–¿Qué les pasa? –chilló–. ¿Qué les ha hecho?

En ese momento, pedaleando sobre su bicicleta negra, llegó el brazo de la ley, el sargento Enoch Samways, resplandeciente dentro de su uniforme azul con brillantes botones de plata. Siempre era un misterio para mí cómo se las arreglaba el sargento Samways para olfatear un problema allá donde estuviera. Supongamos que hubiera unos chicos peleándose en la calle o dos automovilistas discutiendo por un parachoques abollado, podías apostar a que el policía del pueblo se presentaría allí a los pocos minutos.

Todos lo vimos llegar, y un silencio cayó sobre nosotros. Me imagino que lo mismo sucede cuando un rey o un presidente entra en una habitación llena de gente que está de charla. Todos se callan y se quedan quietos en señal de respeto por una persona importante y poderosa.

El sargento Samways desmontó de su bicicleta y caminó con cuidado por entre la masa de faisanes que había en el suelo. La cara detrás del gran bigote negro no mostró sorpresa, ni enfado, ni ninguna clase de emoción. Su expresión era serena y neutral, como corresponde al rostro de la ley.

Durante medio minuto dejó que sus ojos se pasearan lentamente por la gasolinera, contemplando la masa de faisanes posados por todas partes. Los demás, incluso el señor Hazell, esperamos en silencio a que pronunciara su veredicto.

–Bueno, bueno, bueno –dijo el sargento Samways al fin, hinchando el pecho y sin dirigirse a nadie en particular–. ¿Puede zaberze qué eztá pazando aquí?

El sargento Samways tenía la curiosa costumbre de pronunciar la *s* como *z*. Y, como para compensar, pronunciaba la *z* como *s*.

–¡Yo le diré lo que está pasando aquí! –gritó el señor Hazell, avanzando hacia el policía–. Éstos son mis faisanes y este sinvergüenza –señaló a mi padre– ¡los ha hipnotizado para sacarlos de mi bosque y atraerlos a su asquerosa gasolinera!

–¿Hipnotisado? –dijo el sargento, mirando primero al señor Hazell y luego a nosotros–. ¿Hipnotisado, dice uzté?

–¡Claro que los ha hipnotizado!

–¡Vaya! –exclamó el sargento, apoyando cuidadosamente su bicicleta en uno de los surtidores–. Ézta ez una acuzación muy interezante, realmente interezante, porque yo nunca he oído de nadie que hipnotisara a un faizán a travéz de nueve kilómetroz de campo abierto. ¿Cómo cree uzté que ze realisó la hipnotisasión, zeñor, zi me permite preguntarlo?

–¡No me pregunte a mí cómo lo hizo, porque no lo sé! –gritó el señor Hazell–. ¡Pero está claro que lo hizo! ¡La prueba la tiene usted a su alrededor! ¡Todos mis mejores faisanes están aquí, en esta asquerosa gasolinera, cuando deberían estar en mi bosque preparándose para la cacería!

Las palabras salían de la boca del señor Hazell como la lava candente de un volcán en erupción.

–¿Tengo rasón –preguntó el sargento–, eztoy en lo cierto al penzar que hoy ez el día de zu gran cacería, zeñor Hasell?

–¡Ésa es la cuestión! –gritó el señor Hazell, dando golpes en el pecho del policía con el índice, como si estuviera aporreando una máquina de escribir–. Y si no consigo que estas aves vuelvan a mis tierras inmediatamente, algunas personas muy importantes se van a enfadar mucho esta mañana. Y uno de mis invitados, entérese, sargento, no es otro que su superior, el Jefe de Policía de la provincia. Así que más le vale hacer algo enseguida, porque usted no querrá perder sus galones de sargento, ¿verdad?

Al sargento Samways no le gustaba que la gente le diera con el dedo en el pecho, por lo menos no le agradaba que lo hiciera el señor Hazell, y lo demostró moviendo el labio superior tan violentamente que su bigote saltaba como si fuera un animalillo vivo.

–Bueno, un minuto –le dijo al señor Hazell–. Ezpere un minuto, por favor. ¿Debo entender que eztá uzté acuzando a ezte caballero de cometer eze acto?

–¡Naturalmente que sí! –gritó el señor Hazell–. ¡Sé que lo hizo él!

–¿Y tiene uzté alguna prueba para zoztener eza acuzación?

–¡La prueba la tiene usted a su alrededor! –vociferó el señor Hazell–. ¿Es usted ciego o qué?

Entonces mi padre se levantó. Dio un paso al frente y clavó en el señor Hazell sus maravillosos ojos.

–¿No sabe usted por qué vinieron aquí estos faisanes? –dijo suavemente.

–¡Ciertamente que no sé por qué vinieron! –respondió el señor Hazell.

–Pues yo se lo diré –contestó mi padre–. En realidad, es bien sencillo. Sabían que iban a matarlos hoy si se quedaban en su bosque, así que volaron hasta aquí para esperar a que terminara la cacería.

–¡Qué estupidez! –aulló el señor Hazell.

–No es ninguna estupidez –insistió mi padre–. Los faisanes son aves extremadamente inteligentes. ¿No es así, doctor?

–Tienen una extraordinaria capacidad mental –confirmó el médico–. Se enteran absolutamente de todo.

–Indudablemente, debe de ser un gran honor que te mate el Jefe de Policía de la provincia, y mayor honor aún que luego te coma lord Patatín –dijo mi padre–, pero no creo que un faisán lo vea de ese modo.

–¡Son ustedes unos sinvergüenzas, los dos! –gritó el señor Hazell–. ¡Dos bribones de la peor especie!

–Bueno, bueno –dijo el sargento Samways–. Loz inzultoz no noz llevarán a ningún zitio. Zólo agravarán laz cozaz. Por lo tanto, caballeroz, tengo una propuezta que hacerlez. Propongo que entre todoz hagamoz un gran ezfuerso para conducir a eztaz avez a laz tierraz del zeñor Hasell. ¿Qué le parece, zeñor Hasell?

–¿A ti qué te parece, William? –le preguntó el sargento a mi padre–. ¿Eztáz conforme con ezta medida?

–Creo que es una estupenda idea –contestó mi padre, echándole al sargento Samways una mirada rara–. Estaré encantado de ayudar. Y Danny también.

«¿Qué estará planeando?», pensé. Porque siempre que mi padre miraba a alguien de esa manera rara quería decir que iba a suceder algo raro. Y me fijé en que también en los ojos del sargento Samways, que solían tener una expresión severa, había un brillo pícaro.

–¡Adelante, muchachoz! –gritó–. ¡Echemoz a eztaz avez peresozaz al otro lado de la carretera!

Y empezó a dar zancadas por la gasolinera, agitando los brazos y gritando a los faisanes.

–¡Ea! ¡Ea! ¡Fuera! ¡Largo! ¡Marchaoz de aquí!

Mi padre y yo nos unimos a este absurdo ejercicio y, por segunda vez en esa mañana, nubes de faisanes levantaron el vuelo, batiendo sus enormes alas. Entonces me di cuenta de que, para cruzar volando la carretera, las aves

tendrían que volar por encima del potente Rolls Royce del señor Hazell, que estaba justo delante de la gasolinera, con la puerta abierta. La mayoría de los faisanes estaban demasiado drogados para logrado, por lo que descendieron pesadamente sobre el gran coche plateado. Se posaron en el techo y en el capó, resbalando y tratando de agarrarse a la hermosa y pulida superficie. Oí el ruido de las agudas garras arañando la pintura, en su esfuerzo por hacer presa, y ya estaban depositando sus sucias cagadas sobre el techo.

–¡Quítenlos de ahí! –chilló el señor Hazell–. ¡Quítenlos!

–No ze preocupe, zeñor Hasell –gritó el sargento Samways–. Nozotroz lo arreglaremoz. ¡Venga, muchachoz! ¡Ez fácil! ¡Hacedlez crusar la carretera!

–¡No sobre mi coche, idiota! –aulló el señor Hazell, dando saltos–. ¡Échenlos hacia el otro lado!

En menos de un minuto, el Rolls estaba literalmente cubierto de faisanes, todos arañaban, rascaban y soltaban sus líquidas cagadas sobre la brillante pintura plateada. Lo que es peor, vi por lo menos a una docena meterse dentro del coche por la puerta abierta del lado del conductor.

No sé si el sargento Samways los había dirigido hacia allí a propósito o no, pero sucedió tan deprisa que el señor Hazell ni se enteró.

–¡Quiten esas aves de mi coche! –aulló el señor Hazell–. ¿No ve que están destrozando la pintura, imbécil?

–¿Pintura? –preguntaba el sargento–. ¿Qué pintura?

Dejó de perseguir a los faisanes y se quedó mirando al señor Hazell, mientras movía la cabeza de un lado a otro con aire apenado.

–Hemoz hecho todo lo pozible para que eztaz avez crusen la carretera –dijo–, pero zon demaziado ignorantez para entender.

–¡Mi coche, hombre! –aullaba el señor Hazell, desesperado–. ¡Apártenlos de mi coche!

–¡Ah! Zu coche. Zí, ya entiendo, zeñor. Zon muy zucioz, eztoz faizanez. ¿Por qué no ze mete uzté en el coche y ze aleja rápidamente? Entoncez tendrán que bajarze, ¿no?

El señor Hazell, que parecía encantado de tener una excusa para escapar de aquel manicomio, corrió hacia la puerta abierta del Rolls y se metió de un salto. En cuanto estuvo dentro, el sargento Samways le cerró la puerta y, de pronto, hubo un infernal alboroto dentro del coche cuando una docena de faisanes o más empezaron a graznar y a revolotear sobre los asientos y alrededor de la cabeza del señor Hazell.

–¡Arranque, zeñor Hasell! –gritó el sargento Samways por la ventanilla, con su más autoritaria voz de policía–. ¡Depriza, depriza! ¡Váyaze rápido! ¡No hay tiempo que perder! ¡Ignore loz faizanez y acelere, zeñor Hasell!

El señor Hazell no tenía elección. No le quedaba más remedio que salir pitando. Puso el motor en marcha y el gran Rolls Royce salió disparado, mientras nubes de faisanes levantaban el vuelo en todas direcciones.

Entonces sucedió una cosa extraordinaria. Los faisanes que habían salido volando del coche permanecieron en el aire. No cayeron, aleteando torpemente, como nosotros esperábamos. Permanecieron en el aire y continuaron volando. Volaron sobre la gasolinera, sobre el carromato, sobre el prado donde estaba nuestro retrete, luego sobre el prado siguiente y después sobre la cima de la colina, hasta que los perdimos de vista.

–¡Vaya! –exclamó el doctor Spencer–. ¡Mirad eso! ¡Se han recuperado! ¡Al fin se les ha pasado el efecto de las píldoras!

Ahora todos los faisanes que había por allí empezaron a espabilarse. Se ponían de pie y ahuecaban las plumas y volvían las cabezas de un lado a otro con movimientos rápidos. Uno o dos comenzaron a corretear y entonces todos los demás los imitaron; y cuando el sargento Samways se puso a agitar los brazos, todos ellos levantaron el vuelo, sobrevolaron la gasolinera y se fueron.

De repente, no quedaba ni un faisán. Y era interesante ver que ninguno de ellos había volado al otro lado de la carretera, ni siquiera en dirección al bosque de Hazell, donde se celebraba la gran cacería. ¡Todos habían volado en dirección opuesta!

La sorpresa del doctor Spencer

En la carretera había una fila de unos veinte coches y camiones aparcados parachoques contra parachoques, y la gente estaba de pie en grupos, riendo y comentando el asombroso espectáculo que acababan de presenciar.

–¡Bueno, venga ya! –gritó el sargento Samways, acercándose a ellos–. ¡Váyanze! ¡Muevan ezoz cochez! ¡No pueden quedarze ahí! ¡Eztán bloqueando la carretera!

Nadie desobedecía al sargento Samways, y pronto la gente volvió a sus coches. A los pocos minutos, también ellos se habían ido. Ya solamente quedábamos nosotros cuatro: el doctor Spencer, el sargento Samways, mi padre y yo.

–Bueno, William –dijo el sargento al volver de la carretera–. ¡Ezoz faizanez zon lo máz azombrozo que he vizto en toda mi vida!

–Ha sido precioso –dijo el doctor Spencer–. Realmente precioso. ¿Te gustó, Danny?

–Maravilloso –contesté.

–Lástima que los hayamos perdido –se lamentó mi padre–. Casi se me parte el corazón cuando echaron a volar del cochecito. Entonces supe que los perderíamos.

–Pero ¿cómo demonioz pudizte cogerloz? –dijo el sargento–. ¿Cómo lo conzeguizte? Venga, hombre. Cuéntame el zecreto.

Mi padre se lo contó. Lo abrevió, pero así y todo era una historia interesante y, mientras se la contaba, el sargento iba diciendo:

–¡No me digaz! ¡Que me azpen! ¡Zerá pozible! ¡Qué barbaridad!

Y cuando la historia terminó, me apuntó a la cara con su largo dedo y exclamó:

–¡Vaya, qué cozaz! ¡Jamáz hubiera creído que a un crío como tú ze le ocurriera algo tan fantáztico! ¡Te felicito, chico!

–Llegará lejos el pequeño Danny, ¡ya lo veréis! –exclamó el doctor Spencer–. ¡Será un gran inventor algún día!

Que los dos hombres a quienes más admiraba en el mundo, después de mi padre, hablaran de mí de ese modo me hizo ruborizar y tartamudear. Y cuando estaba allí, preguntándome qué diablos podía yo contestar a eso, detrás de mí una voz de mujer gritó:

–¡Vaya, gracias a Dios que por fin se acabó!

Naturalmente, era la señora Clipstone, que bajaba los escalones del carromato con el pequeño Christopher en los brazos.

–¡En mi vida había visto un jaleo semejante!

El sombrerito blanco seguía posado en lo alto de su cabeza y aún llevaba puestos los guantes blancos.

–¡Menuda reunión! –dijo, avanzando hacia nosotros–. ¡Qué reunión de bribones y zorros! Buenos días, Enoch.

—Buenoz díaz, zeñora Clipztone —dijo el sargento Samways.

—¿Cómo está el niño? —le preguntó mi padre.

—Está mejor, gracias, William. Aunque dudo que vuelva a estar nunca completamente normal.

—Desde luego que sí —afirmó el doctor Spencer—. Los bebés aguantan lo que les echen.

—¡Me da igual lo que aguanten! —respondió ella—. ¿Qué tal le sentaría a usted si lo llevaran a dar un tranquilo paseo en su cochecito en una hermosa mañana otoñal... y estuviera sentado en un colchón blandito... y, de repente, el colchón cobra vida y empieza a balancearle arriba y abajo, como un barco en la tormenta..., y antes de que se dé cuenta cien afilados picos le están picoteando por debajo del colchón?

El médico echó la cabeza a un lado y luego al otro y sonrió a la señora Clipstone.

–¿Le hace gracia? –gritó ella–. Pues espere usted, doctor Spencer, a que una noche le ponga unas cuantas serpientes o cocodrilos o algo así debajo de su colchón, ¡y ya veremos cómo le sienta!

El sargento Samways fue a buscar su bicicleta, que estaba apoyada en un surtidor de gasolina.

–Bueno, zeñoraz y caballeroz, tengo que irme a ver quién eztá haciendo travezuraz por aquí.

–Siento mucho las molestias, Enoch –dijo mi padre–. Y muchísimas gracias por tu ayuda.

–No me hubiera perdido ezto ni por todo el oro del mundo –afirmó el sargento Samways–. Pero me dio una pena tremenda ver que todoz ezoz faizanez ze noz ezcapaban de laz manoz. Porque, en mi opinión, William, no exizte en la tierra un plato máz deliciozo que el faizán azado.

–¡Al vicario le va a dar mucha más pena que a ti! –se lamentó la señora Clipstone–. ¡No ha hablado de otra cosa, desde que se levantó esta mañana, que del riquísimo faisán asado que va a cenar esta noche!

–Ya se le pasará –dijo el doctor Spencer.

–No se le pasará, ¡y es una condenada lástima! –insistió ella–. Porque ahora no tengo otra cosa que darle que unos horrendos filetes de bacalao congelado, y nunca le ha gustado el bacalao.

–Pero no habrá usted metido todos los faisanes en el cochecito, ¿verdad? –preguntó mi padre–. ¡Acordamos que usted se quedaría con una docena para el vicario!

–Sí, ya lo sé –chilló ella–. Pero estaba tan emocionada ante la idea de pasear tranquilamente por el pueblo con Christopher sentado encima de ciento veinte faisanes que se me olvidó guardar algunos para nosotros. ¡Y ahora han desaparecido todos! ¡Y con ellos la cena de mi marido!

El médico se acercó a la señora Clipstone y la cogió del brazo.

–Ven conmigo, Grace –le dijo–. Tengo algo que enseñarte.

La llevó al taller de mi padre, que tenía las puertas abiertas. Los demás nos quedamos esperando.

–¡Cielo Santo! ¡Venid a ver esto! –gritó la señora Clipstone desde dentro del taller–. ¡William! ¡Enoch! ¡Danny! ¡Venid a ver!

Entramos corriendo en el taller.

Era un hermoso espectáculo.

Colocados sobre la mesa de trabajo de mi padre, entre llaves inglesas, destornilladores y trapos grasientos, había seis soberbios faisanes, tres machos y tres hembras.

–Ahí los tienen, señoras y caballeros –dijo el médico, con su carita arrugada radiante de alegría–. ¿Qué les parece?

Nos habíamos quedado mudos.

–Dos para ti, Grace, para que el vicario esté de buen humor –dijo el doctor Spencer–. Dos para Enoch por el buen trabajo que ha hecho esta mañana. Y dos para William y Danny, que se los merecen más que nadie.

–¿Y usted, doctor? –dijo mi padre–. Así no queda ninguno para usted.

–Mi mujer ya tiene bastante que hacer sin necesidad de ponerse a desplumar faisanes. Y además, ¿quién los sacó del bosque? Danny y tú.

–Pero ¿cómo se hizo usted con ellos? –le preguntó mi padre–. ¿Cuándo los mangó?

–No los mangué –contestó el médico–. Tuve una intuición.

–¿Qué clase de intuición? –preguntó mi padre.

–Me pareció bastante evidente –dijo él– que algunos de los faisanes tenían que haber comido más de una pasa. Algunos, los más rápidos, podían haberse tragado media docena o más cada uno. En cuyo caso habrían tomado una fuerte sobredosis de somnífero, y no se despertarían nunca.

–¡Ajá! –gritamos–. ¡Claro! ¡Naturalmente!

–Así que, mientras vosotros estabais tan ocupados empujando las aves hacia el Rolls Royce de Hazell, me vine aquí sin que nadie se diera cuenta y miré debajo de la sábana del cochecito. ¡Y allí estaban!

–¡Azombrozo! –exclamó el sargento Samways–. ¡Abzolutamente azombrozo!

–Éstos eran los más glotones –dijo el doctor–. No compensa comer más de lo que se necesita.

–¡Maravilloso! –dijo mi padre–. ¡Bien hecho, señor!

–¡Oh, qué encanto de hombre! –exclamó la señora Clipstone, rodeando al diminuto doctor Spencer con un brazo y dándole un beso en la mejilla.

–Ahora ven conmigo –le invitó él–. Te llevaré a casa en el coche. Puedes dejar este disparatado cochecito donde está. Enoch, nos llevaremos tus faisanes y los dejaremos en tu casa al pasar. No es cosa de que el brazo de la ley vaya por el pueblo con un par de faisanes colgados en el manillar de la bicicleta.

–Muy agradecido, doctor –dijo el sargento Samways.

Mi padre y yo pusimos los cuatro faisanes en el coche del médico. La señora Clipstone se sentó en el asiento delantero con el bebé en brazos y el médico se sentó al volante.

–No te apenes, William –le dijo a mi padre a través de la ventanilla, al ponerse en marcha–. Ha sido una gloriosa victoria.

Entonces el sargento Samways montó en su bicicleta, nos dijo adiós con la mano y se alejó por la carretera pedaleando, en dirección al pueblo. Pedaleaba despacio y había cierto aire majestuoso en su postura, con la cabeza alta y la espalda muy recta, como si fuera montado en una hermosa yegua pura sangre en lugar de en una vieja bici negra.

Mi padre

Todo había terminado. Mi padre y yo nos quedamos solos delante del taller y, de pronto, pareció que un gran silencio caía sobre el lugar.

–Bueno, Danny –dijo mi padre, mirándome con sus ojos chispeantes–. Se acabó.

–Ha sido divertido, papá.

–Sí que lo ha sido.

–Lo he pasado muy bien.

–Yo también, Danny.

Me puso una mano en el hombro y echamos a andar despacio hacia el carromato.

–Quizá deberíamos cerrar los surtidores y tomarnos el resto del día libre.

–¿No abrir en todo el día?

–¿Por qué tenemos que abrir? –dijo él–. Después de todo es sábado, ¿no?

–Pero siempre abrimos los sábados, papá. Y los domingos.

–A lo mejor ya es hora de que no lo hagamos. Podríamos hacer otras cosas. Algo más interesante.

Esperé, preguntándome qué se propondría ahora.

Cuando llegamos al carromato, mi padre subió los escalones y se sentó en la pequeña plataforma. Dejó las dos piernas, la escayolada y la buena, colgando. Me encaramé a la plataforma y me senté a su lado, con los pies en los escalones.

Era un buen sitio para sentarse. Un sitio cómodo y tranquilo donde sentarse y charlar o no hacer nada cuando el tiempo era bueno. La gente que vive en una casa tiene un porche o una terraza, con sillas grandes donde acomodarse, pero yo no hubiera cambiado nuestra plataforma de madera por todo eso.

–Conozco un lugar a cinco kilómetros de aquí –dijo mi padre–, al otro lado del monte de Cobbers, donde hay un pequeño bosque de alerces. Es un lugar muy tranquilo y el arroyo lo atraviesa.

–¿El arroyo? –pregunté.

Él asintió con la cabeza y me lanzó otra de sus miradas chispeantes.

–Está lleno de truchas.

–¡Oh!, ¿podríamos? –grité–. ¿Podríamos ir allí?

–¿Por qué no? Podríamos intentar hacerles cosquillas de la forma que nos explicó el doctor Spencer.

–¿Me enseñarás?

–Yo no tengo mucha práctica con las truchas. Los faisanes son mi especialidad. Pero siempre podemos aprender.

–¿Podemos ir ahora? –pregunté, todo emocionado.

–Creo que primero debemos pasar por el pueblo para comprar el horno eléctrico –contestó–. No te habrás olvidado del horno, ¿verdad?

—Pero, papá, eso era cuando creíamos que íbamos a tener que asar montones de faisanes.

—Tenemos los dos que nos ha dado el doctor Spencer —dijo—. Y con un poco de suerte tendremos muchos más con el tiempo. De todas formas, es hora de que nos compremos un horno, así podremos asar las cosas en condiciones, en vez de calentar las judías de lata en una olla. Podríamos tomar cochinillo asado un día y, otro día, si nos apetecía, pierna de cordero al horno o, incluso, ternera asada. ¿No te gustaría?

—Sí. Claro que sí. Y además, papá, ¿no podrías hacer tu plato favorito?

—¿Cuál?

—Empanada de salchichas.

—¡Sí! —exclamó—. ¡Eso será lo primero que haremos en nuestro nuevo horno! ¡Empanada de salchichas! ¡La haré en una fuente enorme, como mi madre, con la masa bien crujiente, formando montañitas y las salchichas escondidas entre las montañitas!

—¿Podremos tener el horno hoy, papá? ¿Lo entregarán enseguida?

—Puede que sí, Danny. Lo averiguaremos.

—¿No podríamos encargarlo ahora por teléfono?

—No debemos hacer eso. Es mejor ir personalmente a ver al señor Wheeler y examinar los diferentes modelos con mucho cuidado.

—De acuerdo —contesté—. Vamos.

Yo estaba verdaderamente entusiasmado con la idea de comprar un horno y poder tomar empanada de salchichas y cochinillo asado y cosas así. No podía esperar más.

Mi padre se puso de pie.

—Y cuando hayamos hecho eso, nos iremos al arroyo e intentaremos pescar una trucha asalmonada. Podemos llevarnos unos sándwiches y comerlos junto al arroyo. Tendremos un día completo.

Unos minutos más tarde, los dos íbamos caminando por la conocida carretera, en dirección al pueblo, para comprar el horno. El hierro de la escayola de mi padre repiqueteaba sobre el asfalto y, sobre nuestras cabezas, unas grandes nubes oscuras de tormenta avanzaban lentamente por el valle.

–Papá.

–¿Sí, Danny?

–Cuando preparemos nuestra cena de faisán asado en nuestro horno nuevo, ¿no podríamos invitar al doctor Spencer y a su mujer a cenar con nosotros?

–¡Dios mío! –gritó mi padre–. ¡Qué idea tan buena! ¡Es una gran idea! ¡Daremos una cena en su honor!

–Sólo hay un problema: ¿habrá suficiente sitio en el carromato para cuatro personas?

–Yo creo que sí. Justo, pero cabremos.

–Pero solamente tenemos dos sillas.

–No importa, Danny. Tú y yo podemos sentarnos en unos cajones.

Hubo un breve silencio y luego continuó:

–Pero te diré lo que nos hace falta, un mantel. No podemos servirles la cena al doctor y a su mujer sin un mantel.

–Pero no tenemos mantel, papá.

–No te preocupes, Danny. Podemos poner una sábana.

–¿Y qué hacemos con los cuchillos y los tenedores? –pregunté.

–¿Cuántos tenemos?

–Sólo dos cuchillos y dos tenedores –dije–. Y están un poco descascarillados.

–Compraremos dos más de cada –contestó mi padre–. Les pondremos los nuevos a nuestros invitados y nosotros usaremos los viejos.

–Bien. Estupendo.

Tendí la mano para alcanzar la suya. Él cerró sus largos dedos en torno a mi mano y la apretó. Seguimos andando camino del pueblo, donde pronto examinaríamos cuidadosamente todos los diferentes modelos de hornos y discutiríamos sus ventajas con el señor Wheeler en persona.

Y después volveríamos a casa y nos haríamos unos sándwiches para el almuerzo campestre.

Y después saldríamos con los sándwiches en el bolsillo, subiríamos al monte de Cobbers y descenderíamos por el otro lado y llegaríamos al bosque de alerces por donde pasa el arroyo.

¿Y después de eso?

A lo mejor pescaríamos una gran trucha asalmonada.

¿Y después de eso?

Habría alguna otra cosa después de eso.

¿Y después?

¡Ah!, sí, otra vez algo distinto.

Porque lo que estoy tratando de deciros...

Lo que he estado tratando de deciros todo el tiempo es sencillamente que mi padre, sin la menor duda, es el padre más maravilloso y divertido del mundo.

ROALD DAHL nació en 1916 en un puebleci-to de Gales (Gran Bretaña) llamado Llandaff en el seno de una familia acomodada de origen noruego. A los cuatro años pierde a su padre y a los siete entra por primera vez en contacto con el rígido sistema educativo británico que deja reflejado en algunos de sus libros, por ejemplo, en *Matilda* y en *Boy*.

Terminado el Bachillerato y en contra de las recomendaciones de su madre para que cursara estudios universitarios, empieza a trabajar en la compañía multinacional petrolífera Shell, en África. En este continente le sorprende la Segunda Guerra Mundial. Después de un entrenamiento de ocho meses, se convierte en piloto de aviación en la Royal Air Force; fue derribado en combate y tuvo que pasar seis meses hospitalizado. Después fue destinado a Londres y en Washington empezó a escribir sus aventuras de guerra.

Su entrada en el mundo de la literatura infantil estuvo motivada por los cuentos que narraba a sus cuatro hijos. En 1964 publica su primera obra, *Charlie y la fábrica de chocolate*. Escribió también guiones para películas; concibió a famosos personajes como los Gremlins, y algunas de sus obras han sido llevadas al cine.

Roald Dahl murió en Oxford, a los 74 años de edad.

Roald Dahl

Charlie y la fábrica de chocolate
Las Brujas
Matilda
Cuentos en verso para niños perversos
Charlie y el gran ascensor de cristal
La maravillosa medicina de Jorge
El superzorro
La Jirafa, el Pelícano y el Mono
Danny, el campéon del mundo
Agu Trot
Los Cretinos
El dedo mágico
¡Qué asco de bichos! y El cocodrilo enorme
El Gran Gigante Bonachón
Boy. Relatos de infancia
James y el melocotón gigante
Volando solo

Michael Ende

Momo
La historia interminable

El pequeño Nicolás, Goscinny-Sempé
Alicia en el País de las Maravillas, Lewis Carrol
El libro de la selva, Rudyard Kipling
Don Quijote de la Mancha, Miguel de Cervantes, adaptación de José Luis Giménez-Frontín

CLÁSICOS INOLVIDABLES

PARA DEJAR VOLAR LA IMAGINACIÓN